都市传奇 / 张欣经典长篇系列

张欣 著

浮华背后

花城出版社
中国·广州

图书在版编目（CIP）数据

浮华背后 / 张欣著. -- 广州：花城出版社，
2024.4
（都市传奇：张欣经典长篇系列）
ISBN 978-7-5749-0116-2

Ⅰ.①浮… Ⅱ.①张… Ⅲ.①长篇小说－中国－当代
Ⅳ.①I247.5

中国国家版本馆CIP数据核字(2023)第255941号

出 版 人：张 懿
责任编辑：周思仪　王子玮　邱奇豪
技术编辑：凌春梅
责任校对：衣　然
封面设计：L&C Studio

书　　名	浮华背后 FUHUA BEIHOU
出版发行	花城出版社 （广州市环市东路水荫路11号）
经　　销	全国新华书店
印　　刷	深圳市福圣印刷有限公司 （深圳市龙华区龙华街道龙苑大道联华工业区）
开　　本	787毫米×1092毫米　32开
印　　张	8.25　1插页
字　　数	152,000字
版　　次	2024年4月第1版　2024年4月第1次印刷
定　　价	398.00元（全13部）

如发现印装质量问题，请直接与印刷厂联系调换。
购书热线：020-37604658　37602954
花城出版社网站：http://www.fcph.com.cn

与其忘记,不如死去。折磨和欲望是一样的,没有人能够抵御它的侵蚀力。

一

那是一间维多利亚式的极其宽敞的房子,三面墙均是顶天立地的穿衣镜,配套的软缎沙发也是维多利亚式的,暗哑的酒红色中深藏秋香色的细密花纹,似乎也藏着许多香艳无比且年代久远的嫔妃故事。梳妆台却是红木的,简约的明代遗风,一尘不染的与穿衣镜相映生辉。

最讲究的是挂衣钩,檀木打制的仙鹤,细长的脖子向高处伸展,造型的确有点夸张,但这是一个试衣间,挂衣钩应该比梳妆台重要,你没有办法忽视她,除了外形美观,还淡淡飘动着似有似无的暗香。

莫亿亿捧着一件"阿玛尼"晚礼服倒在沙发上,她闭上眼睛,幸福得几乎窒息。她很怕自己是灰姑娘,十二点的钟声一响,睁开眼睛便已回到自己那个破家。她家的那个厅还不及这个高级的试衣间大,尽管收拾得还算干净,但是家具陈旧而过时,马赛克的地面让她总是想起厕所。

穷人是没有想象力的,所以这儿让她有点眩晕。

她手上的那件名牌拖地裙是淡烟薄雾般的紫灰,犹如一片雨天的云。

她现在才知道,越是高级的名牌时装越没有设计的痕迹,譬如这件号称在香港独一无二的"阿玛尼",刚才还在华美的橱窗里傲视红尘,她无领无袖也无肩,紧紧的上身缀满碎钻和珍珠,纤细的腰下是蓬松的纱裙,长长的拖在身后，与她相配的还有同样是灰缎的一双高跟鞋和一只小手袋。亿亿暗吸一口冷气，险些惊叫出来，除了晚礼服惊心动魄的美，还因为十二万港币的价格牌。

亿亿没有试衣，以她修长的模特身材穿上这条长裙，效果不会比橱窗里的假人差，这她知道。她要利用试衣的时间，细细地品味一下梦想成真的寸寸光阴。

她认识这个彭卓童还不到一星期，那是在一夜情酒吧。这个吧在城中闹市区少有的一块高坡上，细窄而陡峭的台阶让人想到无限风光就在这个酒吧里，大门是埃及风格，金字塔的颜色，里面布置得像原始森林，一半室内一半露天，除了阴森一点，并没有什么特别，只因常有些演艺界的人士偶尔在这里聚，便开始名声鹊起，使许多自认为前卫的酷男辣妹趋之若鹜。亿亿也是跟演艺界的人士来喝酒，但她只不过是一个三线小星，演那些怎么演观众也认不出她来的小角色。最露脸的一次是新近刚刚上演的电视剧《火凤》，她演女主角的前身，在第三集就被烧死了，后来女主角重新转世，演绎了一系列小市民拍手称快的复仇故事，当然这与她是没有任何关系的。

亿亿并没有注意周围的人，事实上，他们在哪里哪里就是焦点，虽然她不是风头最劲的那一个。

酒吧里的灯突然熄灭了，黑暗中年轻人开始鬼哭狼嚎，也有人放肆地怪笑，总之可以尽情宣泄，这也是一夜情酒吧的独到之处，不失时机地漆黑三十秒，让你做偷吻那种"见光死"的衰事。

一只大手握住了亿亿，引领着她往外走，亿亿以为同行中的男孩恶作剧，他们也是很能闹的，所以她一路笑一路磕磕绊绊地在黑暗中穿行，不知会被带到什么地方去。光明再度来临的时候，面前出现一张贪玩而又漫不经心的脸，这个年轻的男人算得上风神俊朗，头发干净、爽滑而又富于弹性，虽不是眼带桃花却总有那么一点坏，又坏得让人不忍拒绝。

他身材高大，并不是孔武健壮那种，而是匀称，一切都恰到好处，宽肩，长腿，包括他性感的喉结和修长的手指。他穿一身CK的休闲装，方达色，看上去精力充沛。

他重新伸出手来："我叫彭卓童。"

"莫亿亿。"

"我看过你演的电视剧。"

亿亿叹道："先出，先死，站两边。"

卓童大笑，笑够了才说："怎么叫这个名字？"

"小时叫一一，妈希望我相貌才艺都是第一，第一有什么用？多点钱是真。"

卓童又笑，亿亿心想，有那么好笑吗？便迟疑道："你找我干什么？不是让我签名吧？"

"为什么不！"卓童摸遍全身也找不到一张纸，便拉过衣袖，让亿亿把名字签在上面，亿亿挥笔写道：一个万人瞩目的名字：莫亿亿。她平时练签名总是这么一串。彭卓童提醒她说："还有电话号码。"亿亿略觉不妥，但毕竟这是第一个找自己签名的人，还是写上了移动电话。

亿亿觉得自己真是没有心肝，与剧虎谈恋爱，若即若离也有三年了，可是跟彭卓童只认识三天，人整个疯掉了。

剧虎不是不好，他就是太好了，形象太健康，爱看书，爱钻研，又知书达理讲礼貌，没有缺点，简直就像一部老爷车那么齐备、稳妥，只是年轻轻的就那么"自来旧"。他给亿亿写的情书，不加说明地给女朋友过目，女友便说，你阿叔怎么这么老土啊?! 还教你做人的道理，他自己一把岁数，活明白没有啊?!

卓童是疯狂过山车，分分钟钟带给你刺激和惊喜。

她知道不能耽搁得太久，便收起遐想，慢慢地睁开眼睛，还好，遗韵无限的试衣间没有丝毫的改变，还是那样美轮美奂，这令她颇感快慰。于是，她小心翼翼地捧起阿玛尼，走了出去。

彭卓童正在打电话，口气又狠又无所谓，是他独有的风格："……抓住了?! 把他给我杀了！当然砍脖子，放血，斩成一碌一碌的。"见到亿亿出来，卓童扬起一根眉毛，算是询问裙子是否合适，亿亿用力地点点头，他便对销售小姐做了一个包起来的手势，小姐们大梦初醒般地殷切起来，领班的黑制服双手接过他递上来的金卡。

卓童收了线，亿亿问道："杀谁？"

"杀谁？杀穿山甲，我叫他们做血饭给我们吃，凉血清毒的。"

亿亿也笑了："吃保护动物啊?!"

"没办法，我可不是一个循规蹈矩的人。"

"你不是说今天上船吗？"

"晚上才去，八点整是船长晚宴，绝对不能错过。"

"可是旅客须知上说，狮子星号下午三点就离港，现在已经一点多了。"

卓童笑笑："你怎么跟我妈似的？走吧。"

他拉起亿亿的手，他们快乐得脚底生风，像鱼一样，在繁华香港的密集人流中游来游去。"我们坐'叮当'吧。"卓童这样提议。这就是卓童，花十二万元买裙子，却花两元硬币坐巴士，他不是一个刻意的人，满脑子即兴的新花样。如果是跟剧虎出去玩，他会提前两个礼拜写出计划书，细节比旅行社交待得还周密。亿亿最记得跟他去看电影，不到十个人的场子他非要对号入座，"如果发生纠纷，我们会很被动。"剧虎这样解释。亿亿无名火起："我就不知道会发生什么纠纷！"

他们跳上一辆叮当作响的巴士，亿亿站不稳，身体随着巴士转弯而摇晃，卓童伸出一只手，揽住亿亿细细的腰。他们相视一笑。

照说，卓童身边的美女虽不像车轮滚滚般转换，至少也是不乏其人的。但什么也挡不住一见钟情的爆发力，那天在一夜情酒吧，卓童被一个女孩儿吸引，她穿一个红旗做的肚兜，鲜亮鲜亮的，镰刀斧头交叉在胸口，她身上别无饰物，唯有一头浓密的黑发，瀑布般地垂淌下来，已最好地衬托出她乖巧的面容：细致的皮肤，性感的嘴唇，直眉，略显茫然的眼神。身材更是无可挑剔。她的美在于她压根不知道自己有多么可人。可能是还没有蹿红吧，她虽醒目但一点也不张扬，举止随意，一副没有心机的样子。这一切都令卓童深深地陶醉。

他问身边的朋友，怎么这个女孩这么面熟？别人便告诉他，莫亿亿嘛，演过什么什么。他依稀找回一点印象，但她可是一点也不上镜，在那些不知所云的电视剧里，脸宽出来一截不说，还有点犯呆，演得越卖力越傻。因为在戏里也不是什么站得住的角色，怎么想也想不到生活中的她是这个样子，出位但不招摇，胳膊上有一个匕首插心的贴纸，安静里藏着调皮。

卓童觉得亿亿比他想象中的女友还要完美。

那个吃穿山甲的大排档简陋不堪，老板又瘦又高，脸上总也保持着一种暧昧的笑容，他的柜台上立着几个巨大的透明的广口瓶，里面全部是各色蛇酒，那些死了的蛇依旧体态饱满，皮纹清晰，面目狰狞地盘在瓶内，以示雄风。亿亿总觉得广东人说这个壮阳那个大补，可是他们自己干干瘪瘪实在没什么说服力，再说这种说法有什么科学根据吗？！

卓童在香港的朋友很多，亿亿都有点搞不清谁是谁。卓童提了一个名字，老板的笑容顿时就变得特别由衷，说某公子早就来了，而且你们的汤已经煲了整整七个钟头，并亲自领着他们上楼。木制的楼梯不仅斑驳得裸露出原木，而且还摇摇欲坠，每一脚都是踏空的感觉。亿亿心想，吃这种遭天谴的东西，没准房子就塌了，似乎是随时可能发生的事。不过门口的一大排靓车无言地表明，这里一定是美食当前，诚愿屈尊。

她打开衣柜，发现她的休闲装都没有熨烫妥帖，菜干一样地挂在那里，备受冷落。她不喜欢穿休闲装，一穿就酷似在下岗一条街上摆摊的那些人。可她穿套装就变得非常干练，而且有品位。尤其是穿西装，打领带，那是相当有气派的，她是那种少有的女人男装会显得更有特色的典范。

杜党生是W市的海关关长，一听她的名字就知道她是一个苦孩子，后来共产党给了她新生。也的确是这么回事，她出生在贫苦农民的家里，至今也不知道自己的亲生父母是谁。在那个连大人都自身难保的艰难岁月，因为家乡发大水，紧急之中，父母亲紧紧地抱住弟弟，而把年幼的她包在一条破棉絮里放进一只大木盆，推向一片汪洋，这等于是听天由命让她自己择生了。这是个命大的孩子，后来在惊险的漂泊中被一个铁路工人救起，可是她的父母弟弟却从此杳无音信。

她被送到了福利院，在那里读书，长大。她所受到的全部教育就是要比父母双全的孩子更努力，成材之后报效党和祖国。

可以说任何一个时期，她都是党的好孩子。党说要抵制资产阶级思想的侵蚀，她看也没看过一眼花衣裳；党提倡晚婚，她二十九岁结婚还一百个不情愿；庆祝"文化大革命"的胜利成果和打倒"四人帮"时她都在大街上扭秧歌；她参加过各种各样的报告团，从《党啊，你就是我的亲生父母》，一直讲到《三讲，讲要比不讲好》。

如今她也保持着这一优秀品质。今天是市里的全民健身日，政府官员这一天上班要穿休闲装，下班以后要去打打什么球。杜党生自然是积极响应号召的，除了习惯之外，这类活动也会让她很自然地回忆起年轻时代的光辉历程，对于以往的岁月，即便是有无数的荒谬和错误，因为无条件地融进了自己的青春和热情，仍会残留着一路行来的熟悉与温馨。她喜欢这种感觉。

杜党生决定用吃早饭的时间把休闲装熨好，她都来不及架好熨衣板，而是插上熨斗的电源，在餐桌上大刀阔斧地熨起衣服来。

她家一直是有保姆的，家人和外人都叫她湘姨，孩子们唤她婆婆，这是一个非常利索、能干的湖南老人，来家时也才四十多岁，一手带大了杜党生的儿子卓童和女儿卓晴，最终成为了这个家庭中的一员。甚至杜党生也在湘姨那里寻找到了母爱，建立了血亲之外的血亲般的感情。直到湘姨老了，也没离开彭家，她有些脑萎缩，做事糊里糊涂，没有记性。杜党生不放心她回到农村去，便把她送进了养老院。无论工作多忙都会抽时间去看她，养老院的工作人员也都不怀疑杜党生是湘姨的亲生女儿。

年轻的小保姆，杜党生一个也看不上，老实的就笨，能把人给急死；不老实的穿着高跟鞋，戴着镀金戒指，真不知道是来当保姆还是来做客的。家里也就再没有请人。

衣服很快就熨好了，尚有余温，杜党生已经穿上在镜子前面照了一圈，怎么看都像一个卖菜的大婶。然而她来不及多想，便急急忙忙出了家门。

一辆黑色的丰田轿车静静地停在路边，见到杜党生从楼里出来，她的司机捞仔急忙从驾驶室里下来给她开车门。捞仔是一个醒目的年轻人，南方人特有的面容，而且南方人也爱叫什么虾仔捞仔的，小虾米好养，一生有的捞最好。

见到杜党生这一身打扮，捞仔笑道："杜关，我差点没认出你来呢！"这边的人喜欢省略，譬如杨局、丁处、王科，听着也亲切一些。

"我这个人就不能穿什么休闲装。"

"不不不，至少年轻了五岁。"

这当然是一句恭维话，杜党生没有做声。捞仔

"啪"的一声关上车门，而后熟练地打着引擎，轿车平稳地向前滑去。明明知道是恭维话，听着也还是舒服。随着时间的推移，杜党生已经习惯这种舒服了。她周围的人都是很"识做"的，有谁不那么听话，就会像一块三角砖似的，硌着她不舒服。整个海关大楼需要多少砖？哪一块不被她修理得四四方方，平平整整？这是她认为至关重要的一件事。多少年来，杜党生在每一个位置上都坐得稳稳的，她不需要什么和气、亲民的虚名。

有些东西，她也并非视而不见。像捞仔刚来的时候，那也是穷嗖嗖的，有时她开会超过吃饭时间，捞仔连盒饭都不舍得吃，只随便买两个菠萝包充饥。可是现在你再看看他，脖子上的金链子有小拇指那么粗，头发吹成了喷气式，手表也换成白金劳力士了，"白捞"是个好兆头的词。杜党生很清楚，有无数的人想跟她拉上关系，而找到捞仔就等于找到了她，而且知道她在干什么，忙不忙，心情怎么样，适不适合谈事情。这些信息本身就是千金难买的，所以有人巴结捞仔完全是意料之中的事。

可是那又怎么样呢？金无足赤，水清无鱼，捞仔能干，又很忠实于她，同时是她的千里眼、顺风耳。她坐的位置太高，被架空被颠覆那也不足为奇。政治斗争太无情了，有什么对错？只有输赢。既然她需要捞仔，就不能指望他两袖清风。如果捞仔什么都捞不着，那他一定会闷头开车，一句话都不说。想一想孰重孰轻，杜党生闭上了眼睛，在微微的晃动中养起神来。

在这个连情人都靠不住的年代，你能指望一个司机什么？能捞能干那就算是有情有义的了。

捞仔很有眼色地关掉了车内的音响，轮胎擦地的沙沙声渐渐清晰地呈现出来，这声音单调而且催眠。过了大概五分钟的样子，他从后视镜里两次看了看老板，还是忍不住开口道：

"该找的地方我都找过了，哪儿都没有卓童。"

杜党生睁开眼睛，生气道："他就是喜欢神出鬼没的，到处给我惹事！还把呼机手机都关上，他明明知道找不到他我会着急！"

"不过每回都是，没消息反而没事……"

"他最近都在哪里混？"

"我只听说他在一夜情酒吧认识了一个小影星，而且有点陷进去了。"

杜党生哼了一声，没有说话，她从来不相信儿子会有什么陷进去的事，她太了解自己的宝贝儿子了。早在他读大三的时候，突然迷上了摇滚乐，便旷课，不交作业，不参加考试，疯了一样的抱着电吉他，和一伙长头发的男孩，声嘶力竭地不知吼什么，总之跟抽风了一样，痛苦得不得了。

名牌高校的学生会其实有自己的艺术中心，也有一个"飘散在风中"乐队，以校园歌曲和流行音乐为主。但这吸引不了卓童，他管他们叫老陈醋乐队，因为他们尽搞一些花开花落树下草地之类的东西,卓童烦还来不及呢。他参加的是一个叫什么"摇啊摇"的摇滚乐队,他喜欢泡在那里,可以呐喊和怒吼,可以尽情发泄内心不可名状的郁闷。学校开除他以后,便正式成为那里的歌手加吉他手。

在这之前,杜党生压根不知道什么是摇滚乐,就是因为彭卓童,她算是开了眼,搞明白了唐朝、新四军是什么东西,同时也闹清楚了摇滚乐就是没饭吃的代名词。

根本没有人欣赏他们,在哪里都一样,没有市场便没有生命,他们的那些家伙事并不便宜,都是手心向上跟父母要的,家里只要一掐断经济来源他们便死路一条。杜党生就这么一个儿子,一想到他将这么半疯半傻地摇一辈子,简直就是透心凉。她决定不给卓童一分钱,同时花了九牛二虎之力,到学校去重新活动了一个学位,苦劝卓童返校。

卓童不仅不回校,反而离家出走,跟着"摇啊摇"的人住进了地下室,没人请他们演出,他们就去酒吧给那些名不见经传的歌手伴奏,挣钱吃饭,外加坚持他们的艺术之路。

无名歌手才赚几个钱?!更不要提站在一侧伴奏的了。

那天是晓丹来找她,她说,杜阿姨,你还是支持卓童搞音乐吧,我去地下室看他,他饿得用夜总会偷来的方糖冲水喝。晓丹说到这里,眼圈都红了,她是杜党生的老熟人,公安局局长凌向权的女儿。当时杜党生的心里也不好受，想不到卓童会这么又臭又硬。晓丹又说，卓童的艺术感觉好极了，说不定一不留神就成了崔健。杜党生说，谁是崔健？

时代发展到今天，杜党生觉得自己是脱了鞋子跑，那也是追赶不上的。最终，杜党生极其困难地说服了自己，同意让儿子往音乐上发展。她不仅为儿子，而且为"摇啊摇"乐队花了一屁股钱，结果这个团解散了，其中有两个人人家唐朝想要，卓童是之一，卓童却兴趣索然，再也不摸吉他了。

晃荡了一段时间，卓童又迷上了收集古钱币。他也不知在哪儿认识了一个根本就是盲流的人，那个人从四川到W市来贩卖银元，然后又把卓童带去了四川，半年之后他回到家时，就像从神农架里走出来的野人。他如数家珍般地向母亲展示了各种各样的古钱币，而杜党生的眼睛一直就没有离开儿子满头满脸的胡子长发，嘴里来来回回只会说，回来了就好！回来了就好！

这样的事不胜枚举，对女孩子他就连五分钟的热气都没有，顶多三分钟吧。也就是凌晓丹了解他，还留在他的身边。那些小星星，还不是等到天一亮，便在卓童的那一片天空中消失得干干净净。

……………

"他可能是出境了，"捞仔继续说道，"我还去了车库，他的车停在那好几天了。"

这也是杜党生头痛的一件事。卓童现在住的三房一厅倒是她找关系买的，但是车，那么名贵的积架房车却是别人借给他开的，说是借，还不就是送给他玩的，这还不算，还有人送他金卡让他消费。卓童对钱是没有概念的，只要有就敢花，全然不记得他喝方糖水时的艰辛。这种生活对他不会有任何好处，他只会更加一事无成。

凌向权没儿子，对卓童也是倍加宠爱，又给他搞了香港多次往返的证件。杜党生猜也猜得出卓童去了哪里。

杜党生第一次去香港时就对那里印象不好，她曾对好几个人说过，有人说去了香港三天就会学坏，我看一天就够了。她真的是这么认为，那种赤裸裸的金钱关系以及声色犬马，一下子就能把人的世界观改变。所以她并不希望儿子总往那儿跑。

....

不知不觉之中，丰田轿车平稳地停下了，杜党生这才从纷乱的思绪中走了出来。举目望去，威严而雄伟的海关大楼已经屹立在她的面前。

当直升飞机徐徐降落在狮子星号的停机平台时，海上已是风平浪静，夜幕低垂。这是一艘亚太区首屈一指的顶级豪华邮轮，排水量七万六千八百吨，船身长二百六十八米，高十三层，总造价三亿五千万美金，是现代版的"泰坦尼克"号。

亿亿被眼前这座不夜城惊呆了。

直升飞机是卓童一个朋友父亲的,他们是家族生意,做得很大,公司总部在芝加哥,分公司遍及世界各地,那个朋友的父亲是个简朴的人,所以家里只有两架直升飞机,正巧一架在香港办事,便被借来给卓童女朋友一个惊喜。

但亿亿的表情仿佛是受到了惊吓,她没经历过这样的阵势,一切都那么意外,那么刺激。她本以为阿玛尼已是这次旅行的华彩乐章,想不到那不过是个序曲。

离正式的船长晚宴还有五分钟,在他们预定的豪华套间里,亿亿换上了那件鼠灰色飘纱晚礼服,只略施粉黛,已美得令人炫目。尤其那对黑玛瑙镶钻石的"眼泪滴"形状的耳环,如泣如诉,显示出无尽的丽人魅力。

船长晚宴准时在中央大堂举行,大堂设在七楼中部,面积开阔,富丽堂皇,让人完全不觉得是在一只船上,不仅气派非凡,且平稳如陆地,每一处细节无不精心打造。一时间,这里名士荟萃,美女如云。亿亿觉得自己一下被淹没在锦绣繁华之中,没有人注意她,甚至多看她一眼。这里的每个人都是《泰坦尼克号》影片中的男女主角,只专心演绎自己的故事。男人都是很正式的着装,西服、领带,笔挺的裤子配锃亮的皮鞋;女人更是千娇百媚,争艳斗奇,珠宝美钻闪烁生辉。与其说是船长晚宴,不如说是撞进了首饰行新年新款的秀场。

每个人都显得那么从容,而从容恰恰是身份的象征。亿亿却是波场上的新兵,波场是这类高级聚会的简称,因为通常是女宾的时装秀,大家比着看谁穿得少,也就比出了谁的胸脯大,这里的波和胸是一个意思。

比起那些丰满的,随时可能玉兔狂奔的乳房,亿亿的胸小小的,但很结实。可她觉得如同飞机场,可以当选今晚的平胸皇后。卓童拉着亿亿的手,发现她手心冰凉:"你怕什么?你是晚宴上最美丽的。"卓童悄悄地安慰亿亿,亿亿不知所措道:"我突然一点自信也没有了。"她沮丧地低下头去。

船长是个英国人,身材伟岸,前额宽阔饱满,随身裹挟着一股犷野之风。他热情地介绍了丽星邮轮机构的盛况,称该机构拥有多艘巨轮,狮子星号只是其中之一。他欢迎所有参加这次航程的贵客,他说,尽情地享受吧,用心去体会无法复制的丽星魔力,走进丽星,你便成为丽星传奇的一部分。

他的话引来经久不息的掌声。

穿制服的男侍者戴着白手套,一只手放在背后,一只手训练有素地举着布满高脚杯的托盘,杯中是微黄的、晃动不安的香槟。人们频频举杯,整个大厅看上去觥筹交错。

娱乐总监不失时机地鼓动陌生的旅客之间彼此相识:"看看你的左边,再看看你的右边,千万不要疏忽和错过了人生的机缘,说不定今天交下的朋友,就是明天的李嘉诚、陈方安生,关照你一下就是盆满钵满。"大伙善意地笑起来,容颜开始松动,彼此微笑示意。

人们随意地攀谈起来，无非是一些客气的寒暄，因为很快乘客们将分散到大堂周边的五个餐厅，享用地道而丰盛的中西餐。许多人找船长合影留念，看来这是一个保留节目，船长像一个活动的布景，一批一批的人被安排在他的周围，而他只要始终如一地保持微笑便大功告成。

亿亿暗暗松了口气，脸还僵着，便听见娱乐总监又发出了新的信息："女士们先生们，让我们在饱餐一顿之前，选出今晚的'丽星之星'！"

所谓的丽星之星，便是这个晚上最为抢眼悦目、风姿绰约的，相貌与装束高度统一的，气质与举止散发无穷魅力的女性，她将得到来自船长室派送的一份神秘礼物。人们的眼睛开始像电波一样搜寻、筛选，亿亿也不由自主地张望，只觉无限春光中尽是花容月貌。

她突然就停止了呼吸，因为所有的目光都注视着她，不知从何而来的一柱追光准确无误地打在她身上，阿玛尼在强光里如睡美人一般地苏醒了，她无言地展示出自己高贵的颜色和无可挑剔的姿容，宛如星斗在云层中闪烁。更有这云中的少女，她并非绝顶艳丽、妖娆，但是她正值娇嫩欲滴的年轻，任何巧夺天工的装饰都敌不过青春的风采。还有，亿亿是单纯的，连她的虚荣都那么单纯，她不是那种有心计的女孩，也就容易被人接受。

有一刹那，亿亿简直不知自己身在何处，直到掌声像潮水一般地涌来，她才本能地向人们深深鞠了一躬，脸上是掩饰不住的受宠若惊。

这真是一个不眠之夜，亿亿已经幸福得腾云驾雾，体轻如燕。她像所有的凡夫俗子一样，在心里一遍一遍地问自己，这一切是真的吗？还是自己身在电视剧中演了一出重场戏？我有那么美吗？我还是普通人吗？或许我的生命本身就不平凡？总之她的脑袋已经乱成了一盆浆糊。

客房布置得相当温馨，他们凌乱的行李已经各就各位，该烫该挂都已打点妥帖。

狮子星号行驶在公海上，香港人的聪明就在于：本地不让赌，自有豪赌处。船上虚张声势的奢华并不见得是吸引八方来客的理由，而好赌却是不需要理由的，就像人为什么要吃饭一样。

以卓童的放荡不羁，同他一起上船的香港朋友根本不相信他不赌，不过他的确跟亿亿说过，不抽不赌是我的人生底线。他们一伙人去了十二楼的银河星夜总会，据说是有"海上四人组"乐队的美妙歌声，这是卓童比较接受的。亿亿说她要晚一点去，她想洗个澡，换掉为她立下汗马功劳的阿玛尼。

浴缸是白色大理石的，大得有点不可思议。雪白的毛巾上绣着丽星的英文字头，毛巾旁是一大束蓝色飞燕草，另有一瓶香槟和一只晶亮的高脚杯。

亿亿放好热水，把自己埋了进去，好长时间她闭着眼睛，随波逐流，尽情体会富人生活的每分每秒。她生在话剧团的大院里，像野草一样长大，或者的确无拘无束有过不少快乐，但生活几近寒伧，这是一定的。

她的母亲莫眉，曾是团里很优秀的演员，但她生不逢时，团里现在根本没有戏演，年轻演员便去赶影视剧片场，老到一定程度的人也能去演演配角，唯有母亲，上不上下不下，两头不着岸。本以为可以吃吃老本，但她在两年前便接不到聘书了。接不到聘书就只发工资的百分之四十，更重要的是在团里丢了面子，母亲是一个虚荣而且好胜心强的人，她离开了话剧舞台。

除了演戏，母亲什么也不会。"可是，我还有一颗饱经磨难的爱心。"她用在舞台上朗诵时的语气说。"那又怎么样呢？"亿亿质问她。

母亲终于找到了她的人生的栖息地，她在"爱心驿站"工作，那是小动物协会下属的一家分支机构，专门收养流浪猫流浪狗，当然也有四处奔波的歌星影星将宠物暂存，其身价自然是天壤之别。不知为什么，亿亿从来就不喜欢动物，有时她去爱心驿站，对那些数不清的流浪猫狗看也懒得看一眼。但母亲却有着令她想象不到的耐心。

那是市郊两间废弃的大厂房，被他们仅有的几个人收拾得整洁干净，周边围上了竹枝粗细不一的篱笆，柴门上挂着四块圆铁皮，上面用红油漆写着"爱心驿站"。

母亲扎着素色的头巾，挥舞着扫把，像《远山在呼唤》中的女主角倍赏千惠子，可惜她一辈子也没有碰见过高仓健那样的人物。母亲似乎在终其一生地等待，等待着爱情与好运，她活在梦里，处理问题还没有亿亿现实。"你们这些年轻人怎么这么现实？"是她挂在嘴边上的一句话。

亿亿总觉得，母亲爱动物并不那么单纯，其中掺杂了不少个人的经历和情感……

从刚才的紧张气氛中放松下来，亿亿感到说不出的心旷神怡，甚至舒服得恨不得即时死去。待她睁开眼睛，只见天花板上是一层一层的白色幛幔，波浪般的起伏，且薄如蝉翼，仿佛飘动的浮云。沐浴液沉静的幽香在浴室里悄然无声地弥散开来，亿亿觉得她不喝一点香槟简直对不起这千金一刻的良宵美景。可她到底是天性开放的，为了表达她无以表达的快乐和兴奋，她干脆像吹喇叭那样，举起酒瓶放肆地喝起来。

连香槟都是人间极品，尽管她不是行家，但她对好的东西敏感极了。亿亿重新回到水里，发现手边有一个不经意的开关，她信手一按，奇迹出现了。头顶的浮云慢慢向两侧滑去，整个天花板是透明的宽体玻璃，此时，海上满天的星斗正冲她眨着眼睛。

足足有一分钟，亿亿的嘴巴都没有闭上。

二

莫眉抱着一条京巴在挂号处排了好一会才被轮到，前后都是备受主人宠爱的病狗病猫，目光哀怨。

"我挂剧虎大夫的诊室。"她说。

"十块。"挂号员面无表情,眼皮也不抬。

"原来不是才四块吗?!"莫眉觉得涨价也涨得太离谱了。

"剧大夫现在看专家门诊。"

"宠物也有专家门诊?"

"很奇怪吗?!"挂号员把十块钱往抽屉里一扔,还斜了莫眉一眼,"下一个。"

诊室里果然有很多人,还有人哭天抹泪的。

剧虎是一个性格温和又有修养的兽医,很能理解爱动物的人们的心情,他正在给一只老猫看病,发现了站在门口的莫眉,便本能地想站起来,被莫眉用手势制止了。剧虎点点头,抱着一位老太太的大猫进了手术室。

莫眉对剧虎的印象一直很好,几乎挑不出他有什么毛病。除了形象正派,拿得出手之外,他还有一技之长,不仅收入稳定,据说还经常会有收到红包的惊喜,现在又看专家门诊,提成也高一些。当然这一切都不是最重要的,重要的是这孩子诚恳、踏实。这是莫眉最看重的,忆忆没心没肺,怕的就是所托非人。

那是一个湿热的夏天,快下班的时候,莫眉接到一个小女孩的电话。她用哀伤的声音说,阿姨,我们家楼下的电线杆子上拴着一条狗,身上有伤,已经三天了,如果你不来救它,估计它就要死了。

按照小女孩提供的地址,莫眉见到了那只狗,它趴在那里又病又饿，不仅站不起来，连目光都呆滞了。莫眉的眼泪一下子涌了出来，不光是因为爱狗，这目光让她联想到自己，当时她跟黄文洋结婚还不到两年。

黄文洋是中央戏剧学院舞美系毕业的高材生，可以说是才貌双全，风流倜傥，额头上一绺自来卷甩过来甩过去的。他调到团里来搞舞美，还引起了一个小轰动。

他们两个人很快就坠入爱河，这也是很正常的事。婚后的生活甜蜜而琐碎，然而年轻的莫眉只觉得一切都那么完美。

不久，舞美队的一个负责服装设计的女孩儿，从外校进修回来，她叫梁慧珊，黑黑瘦瘦的，留着中分长发，素面朝天，但是很有感觉。她喜欢穿中式对襟的布褂子，一条扎染的长裤，就这么简单。似乎并没有太多的人注意她。

可是黄文洋就是跟她搞上了，他们在服装仓库里干出那种事来，被人撞上，闹得全团的人都知道，只有莫眉一个人还蒙在鼓里。

这件事败露以后，莫眉的眼光就是呆滞的，当时只觉得天都塌下来了，眼前的亮丽生活变成了一团漆黑，这一辈子算是给黄文洋毁了。时至今日，她都无法忘怀自己当时的绝望情绪。她也是三天三夜不吃不睡，走起路来直打晃。

莫眉抱着病狗去了兽医站，宠物医院的前身。那时剧虎是新分来的大学生，莫眉对他很不信任。可是天色已晚，只有他一个人值班。剧虎倒是很熟练地给狗处理了伤口，但是伤口已经全部感染了，病狗在发高烧，根本不能吃东西，只有输液帮它恢复体力。默默地做完一切治疗，剧虎说，看它能不能把今天晚上熬过去，熬过去就有救。

漫漫长夜，莫眉一直守在治疗室里。本来，剧虎是可以去睡觉的，可是他也一夜没睡，这么负责任的年轻人还真是少见。天快亮的时候，莫眉打了个盹儿，醒来，发现身上披着一件白大褂，而剧虎，正在给挺过来的病狗喂水呢。

一来二往，莫眉越来越信任剧虎，剧虎也经常去爱心驿站，也就认识了莫亿亿，三个人处得就像一家人一样。

这条病狗本来是一条全黑的狗，但莫眉给它取名叫大黄。所有的人都觉得即便是取这么通俗的名字也应该叫大黑，真不知莫眉怎么想的，难道是为了纪念她和黄文洋的那段感情吗？！

的确，她还爱他，尽管她说不清内心的痛苦有多大，孤独有多深，尽管有背叛，有欺骗，爱情却并没有消失。人就是这么麻烦，无论表面上多么愤怒、尖刻、冷静、理智，在一片狼藉的内心中也仍有破碎和残留的爱。

那个时代，作风不好也要付出惨痛的代价。黄文洋的所作所为不仅受到了处分，同时被下放到农村，在劳动中改造思想。毕竟梁慧珊是无知少女，已婚男人黄文洋必须负主要责任，再说名声不好已经是梁慧珊身上无形的红字，日子也好过不到哪去。黄文洋一走半年，总算等到了老婆生病、回家探望的通知，心想还是一日夫妻百日恩，最心疼他的也还是莫眉，所以心存感激，想好了一肚子负荆请罪的话，而且农村也实在太苦了，弄得他人不像人鬼不像鬼，手指头粗得像胡萝卜。他想无论如何先得让莫眉消了气，自己也回到团里来画画才行。

黄文洋回到家就傻了眼。莫眉怀孕了，反应大得不得了，喝口水都吐出来。莫眉也很坦白，直言相告："这孩子不是你的。"

"那是谁的？"

"你别管。"

黄文洋半天没说出话来，忍了又忍对莫眉道：

"我们也算扯平了吧，你去把孩子打掉，我也跟梁慧珊一刀两断，我们重新开始。"

这说明他们还没有一刀两断，当时的莫眉真是怒火万丈，本来她只是想气气黄文洋，得知黄文洋的背叛，她心灰意冷，决定不计后果地放纵自己。但如果黄文洋知错认错，痛哭流涕地求她原谅，她也还是愿意重归于好的，她只是希望黄文洋记住这次教训。

可是黄文洋跟烂泥一样，根本没有一个明确的态度。莫眉也只好报仇一般地说道："戴绿帽子的滋味不好受吧？！"

"想不到你报复心这么重！"

"我报复心就是这么重。"

"现在你如愿以偿了，总可以答应我的请求了吧?!"他没学过台词表演，但"请"字格外加重了语气。她看着他，这才发现他瘦了不止一圈，眼睛却十分明亮，目光炯炯有神，这是典型的爱情正在进行时的眼神。

"你离得开她吗?"她在沉默片刻之后，冷不丁地发问。

黄文洋半天没有说话，痴痴地发起呆来。莫眉的心一下子掉进了万丈深渊，她终于明白了，黄文洋对她只是虚荣的选择，她年轻漂亮，又是团里的当家花旦，人们都说他们是郎才女貌，天设地造。这连他们自己也坚信不疑。但是黄文洋真正爱的是梁慧珊，他曾忍不住对朋友感慨万千：怎么一结婚就碰上自己真爱的人?!

可是黄文洋又要面子，男人都这德行。

他黯然神伤，流下泪来，这个玩笑开得太大了。莫眉的心也软了，一时觉得自己也走得太远，做得太离谱了。不过她的性格中就是有一种这么执拗的东西，就连她自己的理智都无法控制。凭借这种魔力，她曾在事业上获得了极大的成功，但也在感情生活中吃尽了苦头，这后来都变成了无法改变的事实。

妇产科的医生说：你的子宫严重后倾，例假又不正常，这次如果把孩子做掉，以后就恐怕很难怀上孩子了，你自己可要想清楚。

人都是很自私的，莫眉也不例外。她不想因为黄文洋的面子做这么大的牺牲,明摆着,她已经失去了黄文洋的心,现在还要失去孩子。她决定选择后者,黄文洋也答应等孩子生下来以后再离婚,并且两个人都对孩子的身世三缄其口。

莫亿亿出生之后,莫眉成了单身母亲。

…………

剧虎不是那种热情如火的人,可能是学医的同时学会了稳重和冷静。本来他是想在第一时间向莫眉打听亿亿去了哪里、什么时候回来、是下了剧组还是跟朋友外出,可他还是忍住了。亿亿这回十分反常,一个电话也没有,跟她妈妈也是吞吞吐吐的,只说外出几天,什么也没有交待便无影无踪。

打她的手机永远是:你拨的用户暂时未能接通,请稍后再拨。

按照剧虎的性格,他似乎应该喜欢同类型的人才对。那种女孩多的是,长着一张守本分的脸,待人接物极有分寸,一看便可知幸福的生活万年长。可他偏偏喜欢调皮捣蛋,让人琢磨不透的莫亿亿。

莫眉带来的京巴得的是糖尿病,剧虎为它打了针,还开了糖尿病食谱。

这时他才说:"亿亿有消息吗?"

莫眉摇摇头,又叹了口气:"这孩子太不懂事了。"

剧虎就是这点好,还反过来安慰莫眉:"其实有的时候,没消息反而是没事,如果丢了钱包,早就来电话了。"

"我也知道她不会出什么大事,可她现在的状态实在令人担忧,整天像个没头苍蝇似的到处乱撞。我知道她很想红,我也想当星妈啊,可是路要一步一步走,哪有那么多一步登天的事?!"

"我真的挺惭愧的,也帮不上她什么忙。"

"这跟你有什么关系?你就是她学习的楷模,她但凡有一点点像你,我也就把心放在肚子里了。"

两个人正在絮絮叨叨说着话,突然莫眉就不做声了,原来她的目光被一条狗牢牢地吸引住了。

这是一条纯种的藏獒,身体宽大,拖着一条长尾巴,四肢较短,黄褐色的皮毛像锦缎一样泛起光泽。这条狗的样子不仅凶猛,而且相当冷傲。

别看莫眉见过许许多多的狗,但是这种价值五十万美金一只的名贵狗,她还是第一次见到。流浪狗大多数是常见品种,一说养狗要申请狗牌,也就是要花一笔钱,许多丑陋的中国人就把自己的宠物赶到了大街上,跨区域地乱丢。歌星、影星的狗也不过是大丹、牧羊犬、白熊、吉娃娃之类,这么稀有的藏獒,她也只看过图片。

她忍不住俯下身去,并不敢触及那条狗的一丝一毫:"这狗叫什么名字?"

"来福。"牵狗的人是一个举止儒雅的知识分子模样的人,他却一直在注视着莫眉。

他对剧虎说道:"来福不太吃东西……这是我儿子的心肝宝贝,他出差了,让我临时照看,搞得我压力很大。"

剧虎把来福带到检查室去了。

陌生人突然对莫眉说道:"你是莫眉女士吧?"

莫眉感到相当诧异,这才算是认真地打量了陌生人一眼。他中等身材,体形偏瘦,戴一副无边眼镜,头发虽然灰白,但仍相当密实,是那种学养和风度同时兼备的男人。

"我看过你演的一个日本话剧,《她的一生》,我看了三遍。"

"那个戏就只演了三场,因为没有什么人要看。"

"你演得很好,太令人难忘了。"

"谢谢,你是……"

"我是外国文学研究所的,主要是翻译日本文学,我关注的日本作家也不畅销。"他自嘲地笑笑。

看到他灰白的头发,莫眉真不知道是应该高兴还是悲从中来,可是不是这把年纪的人,有谁还会认出她来呢?莫眉不觉叹道:"我早就不演戏了,在爱心驿站工作。"

陌生人也递给她一张名片,上面写着他的名字:彭树。

杜党生也是一个单身母亲,当初她跟彭树结婚,可以说是一个误会。

那时候,彭树还在某大学任教,杜党生作为工宣队的一员,认识了彭树,对他的印象还不错,并没有其他什么杂念。当时彭树有一个对象,是搞英美文学的,两个人看上去十分匹配。

不久,杜党生就撤离了学校。几年之后,党又号召:不唯成分论,重在政治表现,要注意帮助出身不好的知识分子。有人觉得杜党生也老大不小了,便给她张罗着介绍对象,并说,反正你出身好,找个成分高的也没啥,关键是那个人挺不错的。仔细一打听,原来就是彭树。

杜党生说,他不是有对象吗?介绍人说,他跟他那个对象出身都不怎么样,一个是城市贫民,一个是小业主,全都没有什么革命性。那个小业主出身的女的,后来找了一个祖祖辈辈都是贫农的军官,两个月之内就结婚了。彭树受了刺激,也要找个出身好的。他听说杜师傅不仅是贫农出身,至今也不知道自己的生身父母是谁,那她不仅是党的女儿,而且是党的化身,表示愿意在杜师傅的帮助下,更快地进步。

既然人家这么需要自己,杜党生也就被感动了。

并不是性格爱好完全相左的人就没法生活在一起,至少在色彩单调的年代,这样一个家庭,可以说是彭树的寂静港湾。儿子女儿相继出世了,有时候彭树也很怀疑,假如他跟小业主的女儿结了婚,暂短的甜蜜之后会是什么局面？有可能是没完没了的学习和改造，被人轻视，永远得不到重用和赏识，或者干脆一块发配到偏远的农村参加劳动或当民办教师，渐渐地被人们遗忘。

这样的铁例不是没有。

日子像书一样翻了过去，到了改革开放的这些年，他们之间的矛盾开始显现出来。

彭树对官场上的事没有兴趣，但他觉得杜党生却乐此不疲，她喜欢抓权，而且，不知从什么时候开始，她身上不仅有了官气，还有了几分霸气，就是那种顺我则昌逆我则亡的神情。凝思的时候眼睛会像雄鹰一样阴冷而深邃。她盯上谁，那人的下场就好不了。

其实，彭家的卓童和卓晴，如果身上还有那么几分人见人爱的潇洒和文艺，也都是源自彭树的遗传。这两个孩子深知母亲的能干，却都喜欢亲近父亲。因为母亲在家也是一个道貌岸然的女干部，而父亲却和他们玩闹在一起，父亲是个有趣的人，包括他严肃的时候，也是亲切可感的。即便是他在译稿子，一手执笔，另一只手仍可抱着卓童，年幼的卓童骑坐在他的腿上，用毛笔在他一本正经的脸上乱抹乱画。总之，对孩子而言，他们家是严母慈父。

有时，彭树偶得佳句，翻译出洗练并且几近透明的文字，他会忍不住声情并茂地读给杜党生听：……绿子在电话的另一头默默不语，久久地保持沉默，如同全世界所有的细雨落在全世界所有的草坪上。

杜党生说，完了？彭树说，完了。

杜党生毫无感觉地说，全世界怎么可能同时下雨呢？！

有人曾对彭树说，你老婆是官场上的天才加奇兵。彭树真是不谙此道，他说，有那么神吗？！

他们彼此是对牛弹琴。

然而，无论有多少不和谐的生活琐事，也不足以让一对夫妻离异。问题还是出在小业主的女儿身上，当初，她放弃了专业，一心一意地照顾老公的生活，本以为他的军官丈夫还可以步步高升，自己这辈子也就做个专职官太太算了。虽然一事无成，但求风平浪静。

但是军队上的事也不好说，她的行伍出身的丈夫不仅原地踏步了这么多年，而且还过早地得了脑溢血偏瘫，她等于一直在做他的保健护士，一边换着小保姆一边支撑着这个家。

有一天她去新华书店给孩子买参考书，无意之中发现了彭树新出的翻译作品，当时她的眼泪"哗"的一下就出来了，真是百感交集。在这之前，她一直以为自己已经把彭树忘记了，其实有些事情是终其一生都无法忘怀的。她通过出版社得到了彭树的电话，并没有别的意思，只是有一种倾诉的冲动。她活得实在是太压抑了，她需要一个发泄的渠道。

照理说她应该被生活折磨得苍老、憔悴，皱纹一抓一大把。可是她毕竟还是养尊处优的，或许是善于保养吧，她看上去比同龄人还是年轻，身材也保持得不错。她给彭树打电话，彭树当然也很想见她，这是情理之中的事。两个人约在咖啡厅见面，在古典音乐的旋律中又回到了从前。本来，彭树觉得自己生活得还不错，不妨与前任女友做一番畅谈。但是前任女友一伤心流泪，他好像也感到自己生活得并不如意，内心中深深的寂寞无法抑制地涌现出来。

本来这种见面，久久地来一次也是平淡生活中的一种调剂。大家都是过来人，都不可能改变什么，也没有必要做什么改变。老实说，再见面也已经没有爱了，至少彭树想不通自己当年怎么会这么如痴如狂，还用婚姻来赌气。

可是女人控制自我的能力天生就差。小业主的女儿太依赖这种见面了，而且她觉得也只有彭树知道她，了解她，说出来的话让她入心入肺。她频繁地要求见面，这就很让彭树为难。

彭树深知，杜党生的世界里是没有中间色的，这种事让她知道，是黄泥掉进裤裆里，不是屎也是屎。可他是个相当自尊的人，不愿意让前任女友认为他怕老婆，也不会大吐苦水说杜党生的坏话，因为从头至尾杜党生也不是一个坏人，她有相当优秀、果敢、长情的一面，何况他也是沾了人家光的。总之，彭树开始推搪前任女友，尽可能地减少见面。

不该发生的事情还是发生了，有一天中午，前任女友突然跑到彭树家里来了，起因好像是她老公久病之后心情暴躁，把整个饭盆子扔到她脸上了。过去也只是骂骂咧咧，发火生气是家常便饭，现在越演越烈，简直叫人无法容忍。见到彭树，她特别悲愤地哭诉，突然，她一把抱住彭树，带着哭腔说，我这辈子最后悔的一件事……她还没来得及说下去，门就被推开了。杜党生回家拿一份材料，恰恰撞上了这一幕，简直惊呆了。这两个人的事，杜党生当工宣队副队长的时候就知道，现在他们哭得梨花带雨，如果不是续上了情缘怎么可能这样？！

杜党生是搞阶级斗争出身的，什么事情也不会轻描淡写。女方走了以后，她对彭树说的第一句话就是：你们是从什么时候开始的？！

明知是徒劳，彭树还是做了大量的解释工作。

从此，平静的生活变得暗流涌动。杜党生是什么人？！她的眼里是不揉沙子的，而且她也绝不会去找另一个女人算账或彻夜长谈，生活中有这样的事，最后以理解万岁告终，三个当事人还成了好朋友。真他妈的荒唐，这根本不是杜党生的风格。

无论如何，杜党生没法平息心中的怒火，但又不知该不该提出分手。她的顾虑是，如果彭树同意分手，说明这件事是真的，分手反而成全了彭树，对于这种忘恩负义的人，她怎么能顺这条气？！如果彭树坚持不离，她又觉得他是格外看重她现在的身份和地位，却又在家庭之外搞情感走私，这就更让她无法容忍。所以表面上，杜党生似乎是再也不提这件事了，但她经常会在上班时间突然回家，当然她很忙，这种举动就由捞仔或她的秘书代替，开始还找点借口，拿外衣、文件什么的，后来干脆进屋后就东张西望，还看看门后和洗手间。这种举动终于把彭树给激火了。

他想起在他们的共同生活中，杜党生经常会居高临下，或者脱口而出你们这些知识分子就是这样之类的刺伤他的话，他都没有深究，只当是杜党生的大意和缺陷。但在这件事情上，他认为杜党生践踏了他的人格，她从没在心里尊重过他，一直是凌驾在他头上的救世主。这跟前任女友的老公仗着自己是老革命就能对老婆动粗有什么不同？！

有一天，在捞仔离开的时候，彭树板着面孔紧随其后，并上了他的车。捞仔犹豫了一下，刚要开口，彭树对他大喝一声："开车！"

彭树像一只发疯的狮子闯进杜党生的办公室，拍着桌子对她说："你少给我来这一套！我们离婚！"

三

经济技术开发区坐落在市郊北部，与旧城区相比，这里显然是经过精心规划的，不仅建筑风格气宇轩昂，就连绿化带也是相当的宽阔铺张，长满进口青草的广场仿佛一张张打开的波斯地毯。空气里也透着清新的草香。

改革开放初期,开发区是紧挨着汇澜港工业区而建,它们兄弟般的并肩成长,在一同繁荣壮大中,终于在一九九二年合并,调整之后的经济技术开发区占地面积近三十平方公里,成为沿海开放城市的重要标志之一。

远远望去,这里高楼林立,三资企业一个赛一个地独具规模,无言地向人们展示着它们积累财富和名扬天下的实力。

与美国、日本等独资公司或中美、中日、中韩等合资公司相比,万顺贸易公司不仅本乡本土,而且微不足道。它仅是在某庞大的办公楼中占了少少的一层,布置得温馨、祥和,而不是颇讲排场的那种,所到之处无不透出咄咄逼人的气势。万顺不同,普通的玻璃门始终是敞开的,里面是一圈陈旧并且磨损了的皮沙发,茶几上竖着几支矿泉水,就像你爷爷家的会客室。接待员也不是什么妙龄少女,而是一个老实巴交的乡下仔,除了负责接待工作,还要兼顾速送文件、买盒饭、打扫卫生等等跑腿打杂的事。

如果你因此小看万顺公司,那你就大错特错了。

也许,有海岸线的地方都在所难免地滋生着走私,这是再自然不过的事,就像有森林资源的地方便有猖獗的盗伐盗猎,有高科技就有智能犯罪,繁荣带来昌盛一样。围绕着W市的长长的海岸线便是不法分子的走私天堂,尽管边防和缉私的力度在迅速地加强,然而道高一尺,魔高一丈。

昔日在小舢板上瓜分中国香港、台湾，菲律宾一些地区的走私物品偷运上岸之举早已成为历史，就连走私前辈也对此不屑一提。这之后的装甲走私艇有着惊人的速度，有时连缉私艇都追不上它们，只能望洋兴叹。到了二十世纪九十年代中后期，能够手眼通天，打通各路关节，从而大摇大摆出入海关的走私犯才是最大的赢家。走私明星高锦林有一句名言：要想在这个圈子里有所作为，靠的不是钱、权，而是关系。

铁一般的关系，这在中国是一个人人都心知肚明而又讳莫如深的关键词。

万顺公司简而言之就是通关公司。合伙人是两个看上去并不太起眼的年轻人。男的叫寇奋翔，矮矮胖胖的，但为人相当精明。女的便是杜党生的女儿彭卓晴，这也算是物尽其用，卓晴黑黑瘦瘦的兼有几分俏丽，人称黑牡丹，但与哥哥摆在一起，也只能是俗物。父母亲离婚的时候，卓晴被判给父亲，懂事之后十分羡慕哥哥，反倒是卓童经常去探望父亲，有着说不完的话。而卓晴对母亲却有着说不完的委屈，因为相比之下，父亲太过默默无闻，如果她不想学日文，那她就什么光也沾不上。

彭树与杜党生离婚之后，并没有再跟小业主的女儿来往，多年以后，小业主的女儿的丈夫过世了，他们成了孤男寡女，彭树与她也还是没有结果。其中，彭树固然是要用事实表明自己的清白，同时让杜党生内疚之外,也是因为许多事正应了那句歌词:"没有岁月可回头。"

这一对错配的夫妻,从来也没有共过一副肚肠。对于彭树的无言的表白,杜党生好像并没有内疚过,她永远也搞不清楚知识分子是怎么想事的,好的时候就抱在一块又哭又啃,你要成全他们,他们却说一切都过去了,什么感觉也没有了。可是他们抱在一块却是她亲眼所见,她更愿意相信自己的眼睛。再说谁知道他们的清白是不是装出来的,都是些又要面子又要里子的人。

不过杜党生还是疼女儿的,像许多单身母亲一样,她总是认为是自己的错误婚姻给女儿造成了巨大不幸和内心孤独。所以她明知这是犯忌的事,也还是同意女儿这么干了。

卓晴一点也不缺乏政治智慧,有这个公司她就够了,她什么事也不会找母亲办,省着她烦。任何一个头脑正常的人都知道应该怎么对待她。这一点恐怕全世界都一样。

表面看上去,万顺本部的业务并不显得格外红火、人声鼎沸,相反还给人冷清之感。谁都知道,初级阶段的中国,生意都是在酒店的饭桌上做成的。跑到公司来一本正经地说事,多半脑子有问题。不过,今天到万顺公司来找卓晴办事的男人不仅正常,而且正派。

他的名字叫上官器,长相属于酷呆了那种,同时又是某进出口集团公司的老总。他的到来倒使卓晴暗暗吃了一惊,寇奋翔也显得格外热情,拿出上千块钱一斤的"粒粒香"亲手给他泡上。对于别人的刮目相看,上官器似乎已经习惯了。他的父亲是省委副书记,他自小受精英教育,是那种力争上游的好青年。平常生活简朴,工作踏实,他今天的位置应该说也是他一拳一脚干出来的。

上官器坐下来,直截了当地说明了来意,他要通关。

这简直是天大的笑话,卓晴知道上官器这类人在心里是看不起她和卓童的,无非他们是纨绔加旁门左道而他自己才是传统观念中的子承父志。保持一身正气根本就是他的注册商标,从一开始他们就承认这种距离。卓晴没有说话,只是嘴角泛起一丝不为人察的笑意。

上官器的表情也有些无奈,的确,他说过,我就不相信走正道就做不成生意办不成事?!可他现在的处境多少有点自打耳光的味道。由于他的倾力投入,公司的规模正在逐年扩大,业绩也在一天天显现,同时独具慧眼的他对于高科技产品在本公司的渗透抱以巨大的热情。然而,他手下的IT厂,部分散件入关时,海关要求提供的单证太多,手续太复杂,有时要对货物采取全检。而散件非常精细,全检的难度很大,这就需要时间,有时一压就是几个月,即便是守法的企业也苦不堪言。因为这个行业格局变化快,三个月就可能速朽,同时IT产品的货值高,占用资金量大,货物在海关停留的时间越长,企业的资金周转越困难。

这还不是问题的全部，上官器还直接抓了一个试验室，硬件相当可观，网罗的人才也让人叹为观止，如果哪一天上官器领导的试验室宣布找到了攻克艾滋病的新药，你不要认为是天方夜谭，上官器的确是有鸿鹄大志的人，而他手下有一帮跃跃欲试的科技尖兵。就是这样一个重要试验室的试剂却压在海关达半年之久，据说他们从未见过这种试剂，便怀疑这种试剂里面藏有冰毒，却又拿不出任何证据。这真让上官器哭笑不得，目前试验室的科研人员不仅无事可做，有些性格躁动的人因此对国内的管理和效率失去信心，从而改变了人生的大方向，准备辞职出国。有人说，按照海关现在的速度，即便是试剂到了我们手上也已经过期失效了。

所有这一切，上官器当然不会跟彭卓晴娓娓道来，他的确是不屑于跟这些人打交道的，他们也一定以为他还是耐不住寂寞，最终向金钱低了头。可他的父亲是从来不写条子的，无论碰上任何事他都得自己想办法。父亲是大老粗出身，靠的是实干和廉洁，认准了这是他立于不败之地的基石，所以在一片有权不用过期作废的呼声中，他始终不破这个例。上官器走投无路，只好出此下策。

他拿出货单等文件递给卓晴，这些都是卓晴无比熟悉的，她也很快在计算器上按了一个数字，算是通关费。这个数字不仅让上官器脱口而出："你们也太黑了。"

卓晴一听，心里就不太高兴，她觉得自己对上官器已经十分优惠了,这里面也已经包含了上官书记的面子,可是看起来上官器一点不领情。卓晴不快道:"我们也是顶风作案,现在上面抓得很紧,中央刚刚开完打私工作会议。"

上官器理直气壮道:"我恰恰不在被打击之列,只是等不起而已。"

卓晴道:"时间也是钱。我知道你是代表组织走私,为的是为地方经济做贡献。"后面的话她没说,她觉得上官器其实很注重自己的形象和业绩,这个世界上压根就没有什么都不图的人。

上官器道:"我再说一遍我不是走私,走私和通关是两回事。"

卓晴一字一句道:"你找到万顺就是一回事。"

上官器愣住了,他没想到彭卓晴会这么嚣张。好歹他在本地也是一个人物,还没有谁对他这么不客气。

其实彭卓晴并不是一个斤斤计较的女流之辈,在圈子里还颇有行侠仗义的美称。这一点她很想得通,既然你开门做生意,那就来的都是客。所以不管是谁的走私货被扣了,也不管这关系拐了多少道弯,只要找到她,她都一口应承,而且先不谈钱,事成之后送来的钱总是比她要的还多。吃这碗饭的人都知道,这是一条绿色通道,不是打一枪换一个地方的事。对于卓晴的豪爽之举,掏腰包也掏得心甘情愿。

也正因为如此,尽管万顺公司开张的时间不长,但却财源滚滚。

偏偏卓晴就是看不上上官器那副不食人间烟火的样子，她知道他被人宠惯了，走到哪儿都有叔叔阿姨照顾，到处都是他爸爸的老部下，就算出现真空地带，他那张电影明星的脸和伟岸的身躯以及与生俱来的优越感，也能让他把事办成。可他从不会心存感激，目光始终炯炯有神，不带丝毫温情，似乎这一切天经地义，你没有好好待他那就是你的错。

在卓晴的身上当然也有优越感，但是不可忘记她同样具备贫民意识，并且根深蒂固。这是因为她是跟父亲成长并生活的，父亲的生活相当清贫，他们得计算着过日子。即便是这样，父亲也还要接济比他更加困难的穷酸文人，他的一个也是搞翻译文艺作品的朋友英年早逝，他便每个月拿出一定的生活费帮助朋友留下的孤儿寡母。卓晴至今还记得，有一次父亲去买菜，只带回来几根葱，他说，卓晴，我们下猪油面吧。

她曾问过父亲，我们没有钱，为什么还要帮助别人？父亲说，有钱，那不是帮助，而是施舍。这句话她当时并没有闹明白。

在她的记忆中，父亲的背影永远是在灯下，桌前，深陷在积案如山的书、词典和译稿里，可是他的著作却出得很少，不知出版社是不喜欢他的翻译风格还是压根没看上那个日本作家，可是父亲却对这个寂寂无名又不叫座的家伙情有独钟，大有终其一生都要研究他的钢铁意念。

父亲的优秀品质当然感动过卓晴,但有压倒感动的东西,那就是卓晴曾在心里发毒誓,今后的生活绝不能像父亲这么贫寒,更不能被人接济。

同时,她从心里恨那些口含银匙出世的先天优越的家伙,明明是起点高,却总要标榜是个人奋斗的结果,是自己的能力了得。真是笑话,你在大街上随便拉一个人,告诉他你有一个失散多年的当副省长的父亲,你看他的能力会不会陡然扩张?!就算你是根正苗红,循规蹈矩,或者有点才华,那也不能夸大至唯一和超常,你碰到的困难不会有常人那么多,解决的办法倒是常人的几倍。

本来,卓晴并不想为难上官器,但是他良好的自我感觉让她很不舒服,所以她看见寇奋翔在频频给她使眼色,就是佯装不知。

寇奋翔只好赔着笑脸道:"算了吧,我看就象征性地收一点费用。"

卓晴笑道:"可以啊,你答应的事你办。"

寇奋翔当然知道自己在万顺不是领衔主演的角色,表情十分尴尬。上官器心想,通关一条龙的服务公司也不是就你一家,我就不顺这条气!一怒之下,走了。

望着他的轿车绝尘而去,卓晴的脸上又出现了似笑非笑的神情,她心里快意得很,比赚到钱还开心。站在她身后的奋翔道:"你总该知道官官相护的道理,你不是说能帮人处且帮人吗?"卓晴道:"这种人就该让他碰碰钉子,凭什么我们搭了关系赔了笑脸还要让他看不起?!他有本事他就去操正步,到了我这儿就是江湖上的价码,童叟无欺。再说了,什么官官相护?现在的官儿都成精了,一旦有人出事,他们跑还来不及呢,择得比谁都干净。"说完,她漫不经心地捞起电话。

奋翔以为她是刀子嘴豆腐心,要为上官器先疏通疏通关节。卓晴早看出了他的疑问,道:"别臭美了,我天生就不喜欢什么电影明星。像他这种四十岁脸上还没有一点沧桑感的男人,只有坐台小姐喜欢。我先把话放在这儿,他到外面溜一圈儿之后,还得回来找我。"卓晴开始拨电话号码,她要找的是一个重要人物。

这个人就是海关的副关长冉洞庭,他是杜党生一手提拔起来的干部。冉洞庭是湘姨的儿子,当年来投奔杜党生的时候,只有一个中专文凭,人也长得土头土脑的。应该说是杜党生慧眼识英雄,看准了这个不起眼的小伙子。

本来,杜党生是要一心培养卓童的,但卓童令她太失望了,能够平平安安的不惹事已属万幸。而冉洞庭却十分听话,同时手勤脚勤,肯学东西,杜党生就一直把他带在身边有意识地锻炼他,给他加担子,而各种各样的压力反而变成了他的机遇,他是吃得起苦的,现在已经磨炼成为一个相当成熟的国家公务员了。

目前卓晴最棘手的一件事,就是手上压着两万吨的走私钢材,货主很急,也答应给高价,卓晴很想把这件事做成。因为这个人据说是托尽了关系,但由于风声紧,原来的老关系都不敢出头。他也知道万顺收钱收得狠,所以最后求到卓晴。卓晴觉得这件事很有挑战性,也是她提高江湖地位的大好时机。不错,她是杜党生的女儿,可是杜党生在外面给人的印象是公事公办,铁面无私,报纸上还有她拒贿的特写,夸奖她是反腐倡廉的楷模。而且毕竟母亲跟父亲离了婚,而她又是判给父亲的。这些都让外人对她的能力判断大打折扣。

冉洞庭也不应该随便找,这她明白。本来这件事一个副处长就能办了,而且这个副处长为了不调到边远下属的海关明升暗降,曾托过卓晴暗地说情,事实上她也帮了他这个忙。可是现在风声一紧,这个人是死活不肯办事。气得卓晴心想,这种过河拆桥的人,就该发配到没人愿意去的地方。

电话拨通以后,卓晴刚说了一句:"请问冉关长在不在?"寇奋翔就伸手把电话挂断了,卓晴瞪着眼道:"你疯啦?!"

"你才疯了呢!都什么时候了,你还敢干?!"

"富从险中求。你懂不懂?!"

"可你也得有命去享。我看钢材的事,退回去算了。"

"那我们可太没面子了,我可不愿干砸牌子的事,现在公司生意正火。"

卓晴真的是欲罢不能,现在的走私生意都做疯了,其他的通关公司居然放出谣言,说她根本不是杜党生的女儿,而是她父亲的私生女,于是一块被扫地出门了。如果她败下阵来,谣言岂不变成了事实?!以后谁还找她呀?!

虽然是跟着父亲生活,但卓晴从小的学习成绩就不尽如人意,完全不像哥哥,学习跟玩似的。卓晴没考上大学,还是母亲托人,她才当上一名普普通通的文员。对于哥哥丰富多彩的人生,她觉得就像一出日本的偶像剧,既让她心动又让她遥不可及。机会终于来了,得到这个机会她还得感谢寇奋翔。母亲只同意以寇奋翔的名义开公司,当法人,说是为了避嫌,内在的原因却不得而知。以卓晴对奋翔的了解,他也没上过大学,只是玩过股票期货而已,并没有发多大的财,而且也无家庭背景可言,长相就更不要说了,对于这样一个人,母亲为什么会如此用心良苦呢?这一点卓晴始终也想不明白。

当然寇奋翔很识相,他也知道海关的人多半会买谁的账,所以公司里业务还是卓晴长袖善舞。但奋翔也不是酒囊饭袋,大事上他会提醒卓晴。

他讲了很多道理,但卓晴根本听不进去,并用讥笑的口气说:"我知道为什么你混迹商海多年就是发不了财。"奋翔闷了一会儿道:"发财也要肉长在里面,做人没必要那么张狂。"卓晴笑笑:"那你说应该怎么做人?赔不完的笑脸哈不完的腰?每天都夹着尾巴?这我做不到。"最后一句话她说得轻飘飘的,但内心已十分坚定,决不放过任何一条大鱼。

四

周末的晚上,凌家的餐桌上放着几样精致的冷菜,看上去只是普通的家宴。

应该说凌向权是一个比较称职的公安局长,就拿这两个星期来说,他三天没回办公室,五天没回家,如果不是开会,他总是在各类案件的现场,要不就是在分局检查工作。今天晚上回家是个特例,也因为是他自己过生日。

他也有忘记自己生日的记录,害得全家人等他。不过今天请了客人,不是外人,是杜关长和她的儿子。这就不光是过生日那么简单,而是一个联络感情的由头。

凌夫人在厨房里烧鱼,看上去并不那么兴致勃勃,凌向权在一旁给她剥蒜,不时地看看她的脸色,还是忍不住提醒她:"你待会儿别这么挂着脸啊,高兴点!高兴点!"凌夫人白了他一眼道:"我有什么可高兴的?我们晓丹哪点不如人?好像我们要巴结谁似的!"

凌夫人是重点中学的老师,平常很是师道尊严。她不接受卓童,从来都觉得他配不上自己的女儿晓丹。卓童这种人,能拿来过日子吗?!她要为女儿一生的幸福负责。

卓童是有点差强人意,不是那种听话、向上、负责任的好青年。凌向权俯在夫人的耳边道:"现在不是强调战略伙伴关系吗?!"这种话本不应该说穿的,但在这个特殊的日子,他不想干费力不讨好的事。谁都清楚,权限代表利益,这便是当官和官员之间结盟的意义。这太重要了,事实上只有形成利益集团才可能立于不败之地。

凌夫人意味深长地看了他一眼,叹道:"我不是反对找个门当户对的,可也不一定非得是他呀!好的男孩多的是。"

"你也不要对叛逆一点的青年这么大偏见吧。"凌向权心想,卓童这孩子是有点衙内恶习,且放浪形骸,但年少纵情者虽成不了圣贤,未必将来就不能做大事,或许是豪杰之材也未可知。他自己年轻的时候不也是小错不断,现在还不是挑大梁。

凌夫人不快道:"是我的学生就没问题,我完全可以接受,可我们现在是嫁女儿。"

凌向权道:"就是你女儿喜欢他啊,我们有什么办法?!"

凌夫人叹道:"所以你才不要起劲啊,应该劝劝女儿别糊涂。"

正说着,便听见晓丹的声音:"我回来了!"

晓丹倒是挺高兴的,她买了生日蛋糕、水果,还有一瓶法国波尔多红酒,对父亲撒娇道:"这可是我的私人收藏,你看清楚,是一九七四年的。"

凌向权道："我知道你把好酒都锁在办公室里。"他拿起红酒，仔细辨认了一阵，酒瓶子与眼睛相隔咫尺，字迹仍旧十分模糊，岁月不饶人啊，他终于找到了出品年月。"年代并不怎么久远嘛。"他自言自语道。

晓丹笑道："爸，你别老土了，葡萄酒可不是看年代，而是看当年的葡萄好不好，质量怎么样，可有讲究了。"

凌向权话中有话道："我看你也是醉翁之意不在酒啊。"

晓丹的脸唰地一下红了。

凌晓丹留着一头齐腰的秀发，麦色的皮肤，宽额头，眼睛漆黑生动，极具现代气息。她是外语学院英文系的高材生，讲一口漂亮的美式英语，谁都以为她是在国外读的书，其实是地地道道的中国制造，可见她是一个多么聪明的女孩儿。她从读书开始，就不用父母操心，直到今天，她也是全凭自己的能力，开了一家投资咨询公司。因为口碑不错，还真有不少外国公司找上门来。

其实，追求晓丹的男孩也很多，但不知是什么原因，她就是喜欢卓童。卓童身上的所有缺点在她眼里全是不可多得的优点，凌夫人一脸严肃地跟她谈过好多次，气不过时说，你说外国话可也不是外国人，咱们中华民族的传统美德就这么让你不屑一顾吗？！

晓丹撇撇嘴，做个鬼脸了事。

有朋友一针见血地指出，晓丹，你是看上卓童家的背景了吧。晓丹从容地说，可能是吧，我想如果他没有任何背景不会像现在这么可爱。

这是真的，有钱才可能潇洒。

她知道自己是不会嫁给穷人的，有个博士后，他们很谈得来，但她很清醒，她希望自己年纪轻轻的就活得很有质量，不可能陪着他去捱穷。那个人是搞天文的，如果是占星术或许她还会犹豫一下。

也有朋友劝晓丹，卓童太花了，身边总有漂亮女孩儿，你真的不介意吗？晓丹还是有这份自信的，那些既功利又矫情的女孩，虽然已是一身风尘气，却无比纯情地对男人说，一块看电影不会怀孕吧？我可是家教很严的。这种人怎么可能成为晓丹的对手。晓丹是个有头脑的女孩，就连她的老师都不胜惋惜地说，你本来是可以干大事的，可惜生得太漂亮了。

有时漂亮也会掩盖人的许多优点。

晓丹来到厨房，亲自动手做莲藕盒子，虽说是家常菜，但是很麻烦，要把肥瘦相当的新鲜猪肉搅碎，塞在藕眼里，还要裹上面粉煎，外面焦黄里面香软，方才可口，挺考功夫的。可是卓童爱吃这个菜，从不下厨的晓丹就操练起来了。看着女儿饶有兴致的样子，凌夫人简直不知说什么好。

门铃十分短促地响了一下，待凌向权打开门时，发现门外并没有人，他正要关门，才看见门口放着一个手提纸袋，里面是一个包装相当精美的礼品盒。

这是一块伯爵牌的镶满钻石的手表。

凌向权的表情并不显得格外惊讶,只是他今天过生日没有向任何人声张,他为这个送礼人能如此清楚地记得他的生日多少有些感动。人心都是肉长的,尽管他知道围在他身边的人更看重的是他的位置,但能被人记挂着,他仍感到有一股暖流涌上心头。

显然,他完全知道是谁送给他这么名贵的礼物。

平心而论,凌向权并不是一个贪图钱财的人,相反,他在工作和生活中都相当谨慎。他觉得如果为了一点小恩小惠丢了官很不值得,而且听上去也没有面子。

凌向权的朋友也不多,"他人即是地狱"是他牢记心头的一句话。加上他生性多疑,这对他的工作或许有利,但在生活中,他与人交往是很有心理距离的,也极难相信一个人,当然一旦相信,也就相当铁杆。

这个跟凌向权建立起友谊来的人就是高锦林。

高锦林是农民出身,至今也显得土里土气。有人说他能成功就在于他小时候家里够穷,是靠捡垃圾为生的。后来他也试着做过多种小生意,如办螺丝厂,贩牛仔裤等,本以为能赚到血汗钱,却没有一样是成功的。

情急之下,高锦林参加了走私团伙,与现在相比也只是小打小闹,不过是一个松散的联盟,有生意便聚在一起环环相扣,没有生意的时候各人自顾自,碰上严打就树倒猢狲散。有一种玩法是小渔船打油不打鱼,各属于自己的走私成品油团伙,他们在海上的边境线外侧,一等到缉私艇过去,便数十艘小船齐发冲关,缉私艇抓得了这条顾不了那条。就是被抓住的小渔船也不害怕,反正走私量不够刑事处罚的五万元钱,有时够胆对缉私人员不耐烦:快点开罚单!言下之意是交完款尽快领回船再去装油。

这种船在走私旺季达到上千条,为了对付海关,高锦林英雄虎胆,在海上开摩托艇尾随缉私艇,通知"蚂蚁"船四处逃窜、躲藏,或驶进小河汊,与海查人员打游击战。等渐渐有了名气,他也成了团伙之间重金挖角的香饽饽。高锦林身边有了几个兄弟,他便派人在海关大楼前跟踪海查人员的行动,一有情况便遥控自家团伙的"蚂蚁大军"。

正规军从来都玩不过流氓无产者,那段时间海查人员几乎被他们拖垮。

有了一点钱,高锦林便选了一个经济相对发达的小城镇买了块地皮,结果验证了他独到的眼光,这个地区很快发展为县级市,高锦林在地皮上盖楼建房,卖了两百万,这是他赚到的第一桶金。

当时的房地产业风起云涌,他却急流勇退,用这些钱开制伞厂、印刷厂、汽车配件厂等,小心翼翼地囤积起自己的财富,而避免了在房地产大滑坡时无奈守空房的窘迫。

在他的生意稳步向前时,他花重金办了去香港的单程证,摇身一变成为港商。身份不同了,他不再瞻前顾后，重新打起了走私的主意。但这时的高锦林已不是那个冲锋陷阵的游击队长了，他学会了审时度势，找出了重操旧业的四个理由。

首先当然是关税高，而海外和内地的市场价格相差甚远，有巨大的利润空间。第二是胆大，这年头没胆子，搞什么搞?!其次是走私之后要有加工、销售等一系列渠道。而要做成这一切的根本保证，就是要有人，人的保证。尤其是在大陆，人际关系才是无所不能的制胜法宝。

据说有七十万的人，说话声音最高，最喜欢夜夜笙歌。有两千万身家的人就和气得多，也比较规矩。一旦身家过亿，便是和蔼可亲的完人。高锦林对自己的要求当然不是第一种，所以在那些小老板泡在酒精和夜总会里时，他决定用比这些花费多得多的钱投资人际关系。

这当然不是一朝一夕的事。

高锦林和凌向权的相识就极富戏剧性。那是一个大型的酒会，嘉宾如云，凌向权也参加了，有人给他介绍高锦林，他以为他是农民企业家，并不太热情，也没有跟他握手。但是没过多久，他发现市委书记亲自跑过来给高锦林敬酒，这很令凌向权大跌眼镜，他便向身边的人打听此人是何方神圣。别人告诉他，高锦林是个香港商人，在北京开公司，人际关系极广，不光在你们省厅是红人，就连公安部的某某人也是他的好朋友。

凌向权顿时目瞪口呆，这个某某人恰恰是公安部管干部的副部长。当时还只是公安局副局长的凌向权做梦都想跟这个副部长搭上话。

他对自己刚才的举动痛悔不已,但又不能补救得太过明显。酒会之后,他非常留意,发现高锦林只坐了一部桑塔纳2000,完全没有暴发户之风。这个人越是低调、稳重,就越能激发起凌向权对他的好感。

后来他们就认识了,在交往过程中,高锦林干了两件很漂亮的事,至今都令凌向权难以忘怀。第一是为了他的升迁专门拉关系,金钱铺路,让凌向权如愿以偿地当了局长。第二是拿出钱来帮助警队扩充机动车辆和通讯设备,这使得凌向权有可能在新推出的改革方案中,将市区划片巡逻,一旦接到报警,可以立即到达现场。这件事让凌向权在领导和市民两边都深受好评,也体现了他的能力和政绩。

这样以一当百的朋友,放在谁面前会遭到拒绝呢?何况他又那么有情有义,还是在半年前,凌向权生病住院,也没有告诉任何人,不知高锦林在哪儿得到的消息,派人送来了特级的冬虫夏草和燕窝,就连今天过生日煲的虫草水鸭汤,还是那次剩下的药材。

…………

门铃声再一次响起,凌向权急忙把手表收了起来。回到客厅时,晓丹已经开了门,夫人站在门边,倒是满脸笑容,他暗自松了一口气。

进来的是杜党生,捞仔在她的身后,搬上来整整一箱大闸蟹，放下之后立即消失。

杜党生对凌向权轻描淡写地说道："知道你爱吃阳澄湖的大闸蟹，托人空运过来的。"

凌夫人和杜党生还是很谈得来的，两个人手拉手地坐下，寒暄起来。凌向权便去跟女儿收拾大闸蟹，看到晓丹心绪不宁的样子，急忙回到客厅，问杜党生卓童怎么没来。杜党生说给他打了好几个电话，他说自己开车过来。

凌向权道："我还给他搞了一件最新式的防弹衣呢，他不就是喜欢收集这类东西么？"

杜党生笑道："你就差没给他配一支冲锋枪了，老凌，我们不能孩子要什么就给什么，年轻人没有挫败感，不会有大出息。"

凌夫人在一边点头如捣蒜。

杜党生站起来，在沙发前踱了几步，有点像作报告那样："我知道你们觉得卓童配不上晓丹，这孩子也真是给宠坏了，到现在还是一事无成。"

一时间，两个母亲都显得有些忧虑，凌向权却挥挥手道："没那么严重，没那么严重，你们太不了解男孩子了。"

凌向权回到厨房，小声对女儿说："放心了吧。"晓丹嘴硬道："我有什么不放心的？！"脸上却多了几分甜蜜。凌向权笑笑，他是很疼这个女儿的，当年很难怀上，好不容易怀上了，生的时候又早产，放在保温箱里十多天。回到家里,像小猫一样,凌夫人都不敢给她洗澡,还得粗中有细的凌向权来。他那时是警察,风餐露宿的不管多累,回到家的第一件事不是睡觉,而是抱女儿。

对女儿他是有求必应的。

如果这个晚上彭卓童如约而至,客客气气地吃了晚餐,然后金童玉女手拉手地出去散步,那就是另一个故事,另一种写法了。

卓童的确如约而至,不过身边还挂着一个莫亿亿,亿亿今晚穿得很保守,牛仔裤、T恤衫,也没有化妆。卓童丝毫不觉得屋里的人都愣住了,他对一脸欢喜来开门的晓丹说:"这是我的女朋友莫亿亿,"转头又对亿亿作介绍,"我的哥们儿凌晓丹。"

晓丹差点没哭出来,那种滋味不好受。如果面前的这个女孩梳五颜六色的动感骚骚头,穿堕落天使装,魅力四射的脸上涂白色恐怖唇彩,那或许还不是她的对手。

可是当着这么多人,她要显得处变不惊。"我什么时候成你哥们儿了?"她面带微笑地说,还是伸出手去,握了握亿亿温柔的小手。

"不是吗?!我一直觉得咱们特铁。"卓童并没有感到硝烟四起,进屋以后,趁着亿亿去洗手间,杜党生放下脸,埋怨他不该随便带人来。"又不是我过生日!"她低声训斥儿子。卓童不在乎道:"干爸过生日不是跟你过生日一样嘛。"他一眼看到了沙发上放着的防弹衣,兴高采烈地穿在身上,"谢谢干爸!"全然不觉得凌向权两口子鼻子不是鼻子,脸不是脸。

晓丹呆立在餐桌旁,望着一大盘橙红色的、冒着热乎气的螃蟹,脑子空白。

卓童穿着防弹衣不舍得脱,拿了一只螃蟹腿,碰了碰晓丹,颇为知己道:"怎么样?你也给我参谋参谋。"

"不错。"

"你负责一点嘛。"

"很不错。"晓丹还是淡淡地说。

过了一会儿,晓丹推说要加班,什么也没有吃就离开了。

从香港回来之后,亿亿一直躲着剧虎。她不是不敢首先提出分手,而是实在找不出分手的原因,只好采取了逃避的态度。

但是今天,她主动约了剧虎共进晚餐,还是在"往日情怀",这是个台湾老板开的饭馆,布置得只能是大众情调,不过菜烧得味道还不错。以前两个人经常到这里来,觉得经济实惠。

亿亿提前半小时就来了,她拣了一个靠窗的位置,不知为什么,只觉得到处都不顺眼,真不敢相信以前总是那么熨帖地坐在这里,还挺沾沾自喜呢。

那个难忘的晚上,在她生命中的意义实在太深刻了,她为什么要拒绝高质量的生活呢?小说里总是说,要过上这样的生活就得牺牲很多东西，似乎只能嫁老头儿，或者嫁给富豪的傻儿子才能得逞，所以她很早就死了这条心，决心做普通人。但事实不是这样，一切都如愿以偿，情况比想象的还好，碰上了一个英俊、富有而又喜欢她的年轻人，书里好像没有这方面的提示和警诫。

是她自己动心了，没人勉强她。她知道那就是爱，以前从未有过的奇妙感受，完全没有时间概念，只想每一分每一秒都目不转睛地看着他，和他在一起。同时她也明白了她跟剧虎只是人有我有的异性交流，与爱没有关系。

那个晚上她洗完澡，已经是凌晨三点了，在十二楼的银河星夜总会里，碰巧是卓童在台上自弹自唱，他随意地拨着吉他，跳动的琴弦发出悦耳的和声。他唱的是《明天你是否依然爱我》，吐词含含糊糊的，不肯咬得那么确切，脚底还不由自主地打着拍子，他的漫不经心打动了亿亿。那一瞬间，她确信自己爱上了他。

告别了酷酷的摇滚，卓童回归的柔情是真正的柔情。

剩下的半个晚上，他们把火热的激情投入到疯狂的造爱之中，并且彻夜长谈，诉说自己过去的故事。一切就跟做梦一样。

回来以后母亲每天跟她吵："就算你们有点什么，也只当被狗咬了一口，我知道你不是自愿的。"

"我心甘情愿，生米已经煮成熟饭。"

"在一起睡一晚上算不了什么，这件事绝对不行。"

"为什么?! 为什么我只能跟剧虎好?"

"因为他正派,这是你一生幸福的保障。那种人,他干哪一行能这么花天酒地? 不是什么好人,每天都可以换女孩,你怎么那么容易就相信这种人?"

"我就是不跟他好,也不跟剧虎好!"

母亲瞪大眼睛道:"为什么?"

亿亿两眼发直地说:"我虽然不知道我要什么,但我知道我不要什么!"

"他哪点不好?"

"他哪点都好,他会把我闷死的。"

母亲叹道:"平安的日子都是很闷的。"

亿亿今天来找剧虎,并不是听了母亲的话,回心转意了,只是有朋友告诉她,剧虎得知她爱上了一个富家子弟,仍想挽回和她的感情,只好打兼职赚钱的主意,他答应了一个小老板,愿意为他们厂的产品做广告。据说广告人要把他带到齐齐哈尔去,在大雪天里只穿一条三角内裤,做一个健美运动员才做得出的猛男动作。还好,不用说话,只打一行字:你想知道保持性感的秘诀吗? 请穿创世纪牌内裤。

朋友是当笑话说给亿亿听的,他说,你看你多有魅力,连剧虎这样的人都不得不向世俗低头。可是亿亿半点也笑不出来,她只感到心酸,她不希望剧虎对她这样,有什么用呢? 他就是脱光了去拍片,也不及卓童小指一弹。辛苦和牺牲色相如果能积累财富,那全世界不都是富人了?!

一个人的时候,她哭了,即便不想跟剧虎好,可他的敬业、朴实、勤勉毕竟不能算是缺点,也还是她的大哥兼朋友。她从心里不愿意让别人看低他,嘲笑他。

她必须让他心死。

咨客小姐把剧虎带到了她的面前,他穿着休闲装,好像瘦了一点,眼睛里充满忧伤,但他始终保持着微笑。一时间,亿亿都有点动摇了,是的,卓童带给她的是新奇,浪漫,一掷千金,但是她看出来了,卓童的母亲并不喜欢她,晓丹离开之后,她的脸上一直冷若冰霜。而卓童,她看见他的时候,就感到他实实在在的存在,可他一离开,马上有一种虚无缥缈的东西笼罩着她,如在梦中,她和卓童的故事还不知会怎样呢?!剧虎却给她安全感,这种感觉虽然不刺激,但是让人感到踏实。

他们要了两份套餐,外加两杯珍珠奶茶。剧虎显然饿了,他大口地吃着饭。亿亿忍不住说道:"看来你也不怎么难过嘛!"人真的是很奇怪,她以前觉得他不是这么不顺眼。

暗自对比一下,她没有理由放弃卓童。和剧虎在一起生活是不需要想象力的,平静、安稳,算计着花钱,偶尔下下小馆子,一辈子黯淡无光。她提醒自己,绝不要因为一时伤感就做出错误的决定。

"难过有什么用?我兼多几份职,保证让你过上好日子。"

"就凭你去给明星狗做家庭保健?就凭你去拍广告?"

"你怎么全知道了?听你的口气,好像很丢人似的。"

"就是很丢人!而且杯水车薪。"亿亿突然爆发了,怒气冲冲地对着剧虎,"你每天下班之后还要去张太太李太太家,围着她们的狗团团转,而且答应人家拍那么下作的广告,问题是这种牺牲毫无意义!你明白吗?!"

"那你想让我怎么样?抢银行吗?"

"你有那个能耐吗?"亿亿苦笑道,脸上隐隐有一丝不屑。

剧虎一声不吭,闷头吃饭。半天才说:"你生什么气啊?我还没生气呢。先吃点东西吧,这饭的味道很不错。"每回都是这样,他总是在该暴跳如雷的时候妥协。

亿亿一点胃口也没有,而且剧虎喝汤的声音让她十分厌烦,她盯着他,异常严肃地说:"你知道捧红一个明星需要多少钱?"

剧虎停止了咀嚼,怔怔地看着亿亿,亿亿直视着他的目光:"没错,我就是这么虚荣,做梦都想走红,我想过的好日子不是吃多几份卤肉饭,而是随心所欲地刷金卡,到世界各地旅游,拥有顶尖级的名牌,住花园洋房,开白色的跑车……你能帮我实现这些梦想吗?!"

剧虎无言以对。

"我不是想指责你无能,"亿亿说道,"这不是你的问题而是我的问题,我天生见利忘义,贪图享受,我们在一起不合适。"

剧虎觉得眼前的亿亿越来越陌生,不禁喃喃自语道:"你以前不是这样的。"

"那是因为我以前只有梦想,而现在梦想成真了。"

"你小心上当受骗!"

亿亿摊开两手:"我不知道他能骗到我什么?我一无所有。"

"真爱无价,他会对你好吗?"

"别老土了,我对贫穷的好不感兴趣。把这份也吃了吧。"亿亿把一口未动的卤肉饭往剧虎面前推了推,起身走了。

她本不想这样羞辱他,可是没办法,让他心存幻想,情况只会更糟。

可是她并没有如释重负的感觉。

洗完了澡,莫眉从浴室出来,看见大黄一脸忠诚地静卧在亿亿房间的床前,看见她一动也不动,熟视无睹的样子。莫眉在心里骂道,连狗都喜欢年轻的,何况男人!这个世界真没救了。

她在全身擦满润肤霜,为的是挽救渐渐失去弹性的皮肤。头发也是她的心爱之物,她是很少用吹风筒的。尽管条件有限,莫眉还是遵循自己的养颜之道,并且持之以恒。晾头发的时候,她拿起刚买的新书《非瘦不可》,认真地阅读起来。莫眉绝不会因为没人欣赏就变得大大咧咧,让腰身一寸一寸地扩张。她仍旧节食,做健美操,心愿是美到八十岁。

真不知美给谁看。她有时也会抱怨自己。

电话铃响了起来,她眼睛并没有离开书,一手捞起话筒,又是那个讨厌的彭卓童。"亿亿不在。"她冷漠地对他说。

"阿姨我不是找她,我现在跟她在一起。"

"难道你找我不成?!"

"我就是找您,我叫亿亿代我邀请您出来吃顿饭,您就是不赏面,我只好直接跟您说,就算正式邀请您吧。"

莫眉像小市民一样憎恨有钱人,尤其是那种花花公子,她真想用话剧道白的口气说,你就别费心了,我决不会同意亿亿跟你交往。当然她也只是说:"我无功不受禄,平白无故吃你的饭干吗?"

"可不是平白无故啊,我听亿亿说,你们爱心驿站的经费一直很紧张,有些流浪狗不得不人道毁灭……"

"不是流浪狗,而是患了不治之症的狗和老得不能吃东西的狗。你的那些说法哪是爱心驿站,简直就是狗的集中营。"

卓童在那一头笑了起来:"看来您真的是热爱动物,也不允许别人诋毁您的工作。那我更愿意做这件事了,就是策划一个慈善捐款晚会,让更多的人为小动物献上一份爱心。"

这种从天而降的好事让莫眉太缺乏心理准备了,而且好像也没办法拒绝。驿站的确是因为资金匮乏,现在只能因陋就简。别看站里有那么多明星狗,其实明星只是抽空提着牛肉鹅肝来喂他们自己的宠物,绝不会出一分钱来完善站里的设施。事实证明,千万不要对台前爱得死去活来的明星心存幻想。

正在她犹豫的时候,卓童又说:"您来看看策划书吧,看哪种方案最适合你们。"

莫眉答应了去吃饭,放下电话就后悔了,心想,我凭什么相信这个毛孩子呢?他怎么可能有这种能力?他父亲也不是市委书记,他无非想跟我套套近乎,让我默认他和亿亿的关系而已,而我居然答应了他去吃饭,真是傻得可以。

那个饭馆是她没去过的,叫作什么暖风春,怎么像青楼的名字?!还说有一个叫捞仔的人会开车来接她。

以往,哪怕是去吃朋友家的满月酒,聚在一起的都是三姑六婆,莫眉也要用心良苦地穿衣服。亿亿嘲笑她说,那种场合,谁看你啊?!可是莫眉觉得这是她坚守的一种品位,就是为自己也没错啊,穿着得体会让她感到自信,而她太需要这种自信了。

当晚,莫眉却穿得很随便,因为她非常不愿意去吃这顿饭。一路上,她想了很多指责彭卓童的话,她是一个认真的人,任何说说而已的事都让她有被涮之感。事实上她一路都在埋怨自己怎么这么容易就上钩了?!

捞仔带着她走进一个大型的会所,这里的装修非常气派而且金碧辉煌,身边的红男绿女穿得讲究极了。这个圈子并不是莫眉熟悉的,她也的确显得格格不入,不只是这里的一切衬出了她穿戴的寒伧,就是她衣柜里整装待发的至爱,在这种富贵逼人的地方,也只可能是土里土气。莫眉努力做出镇定自若的样子,似乎什么都见过,对大场面一点也不陌生。她真庆幸自己原来当过演员。

当然,她的气质还是独一无二的,但是在这个空前浮躁的世界里,谁不是先敬罗衣再敬人?又有谁会去真正欣赏那么空泛而又难以捕捉的东西?一切都被量化了,人们感兴趣的是艾丝嘎达和范思哲。

暖凤春只是会所的一个中餐厅,小而精巧,布置得相当优雅,米色的桌布,洁白无瑕的餐具,有三个人坐在餐桌前笑眯眯地看着她。然而莫眉并没有理会亿亿和卓童,而把手伸向了彭树:"你的那条酷狗还好吗?"

"很好,谢谢。"彭树有点受宠若惊地捧着莫眉的手。

卓童笑道:"真没想到你们认识。"

彭树道:"何止是认识,我还曾经是她忠实的观众。"

莫眉坐了下来,亿亿小声对她说道:"你怎么没把工作服穿来?"莫眉也小声地回敬她:"我的那套礼服,穿来就跟这儿的领班一样。"亿亿看了看女领班的蓝制服,不禁哑然失笑。

美味佳肴依序而上,若干服务生一丝不苟地站在身后,只要盘子里吐了一块骨头就立刻被撤下去,对这种过度的服务，莫眉周身不自在。彭树似乎颇有同感："我平时也很少到这种地方吃饭。"

卓童接过话去："我爸说在这种地方吃饭是犯罪。"

莫眉冲彭树点点头，表示一种志同道合。亿亿却笑眯眯地说道："那就让我妈犯一次罪吧，她从来没犯过这种罪。"亿亿总是这样，小时候她就在商店大喊，妈妈，这件衣服便宜！搞得售货员斜着眼看她。

小姐端上来一只素净的大盘，里面的红烧大裙翅摆成菊花怒放的姿态，好一会儿都没人下箸。莫眉拿起筷子，她不想显得什么都没吃过似的，亿亿挡住她的手说道："这是给我们看的，呆会儿会有厨师当场为我们用鲍汁调制。"莫眉气道："我知道。我就喜欢这么吃。"她夹了一点点，果然是淡而无味，只好没趣地放下筷子。

彭树解围道："今天是我想见见亿亿，果然是个好女孩。"

莫眉皮笑肉不笑得很是难看。

厨师煞有介事地戴着白手套，大伙也彬彬有礼地看着他熟练地操作。莫眉觉得这种高尚生活对她来说简直是受罪。

不过卓童的确跟她谈了慈善晚会的事，还给了她一本厚厚的企划案。

五

在繁华都市里，高尔夫球场是最养眼的地方，通常都是依山傍水,绿草茵茵。无论有多少工作压力,只要挥上几杆也就烟消云散了。而且这里是男人的交际场,吃饭不如流汗已成为一种时尚,不会打球哪能见到那么多总经理和政府官员?!

此刻,冉洞庭就置身于绿色的草坪之中,由于他的偶像是泰格·伍兹,所以也穿一件枣红色的耐克衫,戴一顶蓝色的棒球帽,配上他深棕的健康肤色和结实的体态,没有人怀疑他已经进入了富人行列。

他单手戴手套,侧着腰身,以最标准的姿势打出一杆,白色的小球在空中拉出一道美丽的弧线,而后便无影无踪了。他微眯着眼睛,颇为陶醉地向远处望去。

人和人是不一样的,同样是乡下出身,高锦林到现在也适应不了洋玩意儿,他不吃西餐,说是等同吃屎;高尔夫打得让人贻笑大方;脱了裤子更是农民,刚才他在桑拿室换衣服,四角大花内裤上是一只只鸵鸟,令冉洞庭瞠目结舌。冉洞庭是彻底地脱胎换骨了,内裤最差也是保罗,他是个注重细节的人。

不过冉洞庭还是很佩服高锦林的,他出手阔绰,有时一点也不像农民,譬如他热心公益,往中央台扔"炸药包",便成为那一年春节联欢晚会的座上宾;他养的一支足球队征战四方,这是最让省市领导开心的事;更为可贵的是富不忘本,回家乡盖希望小学,为老人盖福利院,据说那边流传着"翻身不忘共产党,幸福全靠高锦林"的美谈。

他很会跟人交朋友，决不求人时才送礼。冉洞庭还没当副关长的时候，高锦林就送给他这个高尔夫球场的会员证，价值六十万元，令冉洞庭感激涕零。

也就是在几年前，他的东泽国际中心破土动工，要盖四十八层的大厦，号称超五星级，且极尽豪华之能事。那一天嘉宾云集，场面宏大，从省市到中央就有两千多人来祝贺，真可谓花篮如海歌如潮。据说后来也的确有很多头面人物在那里秘密享受过人间仙境。

冉洞庭的胆子也不是一天就大起来的，他想不通还有什么人能扳倒高锦林?!

多少年来，冉洞庭低眉顺眼，逆来顺受，乡下仔总是要被人欺侮的，杜党生对他也是呼来喝去，他除了忍耐，其实并不知道自己沉睡的潜意识里到底要图什么。现在他终于明白了，他图的就是在这种富人游戏区占有一席之地，且能挥洒自如，同时利用一切手段，让财富像火山的金黄色岩浆那样，源源不断地流入他的腰包。

秋天的阳光不那么烤人，对身体是一种抚慰，冉洞庭和高锦林在球场里并肩而行，球童开着小车很知趣地离他们有几米远，缓慢地跟随其后。

高锦林对打球并没有太大兴趣，但今天是他主动约的冉洞庭，也只好奉陪。现在他们已经打得一身大汗，可以进入正题了。于是，他开门见山道：

"我想在汇澜港设立一个公共保税仓库。"

冉洞庭没有说话，他当然明白，东泽国际在汇澜港有许多进口业务，利用保税仓，走私逃税也就更方便了。他不是不想帮高锦林，他拿高锦林的好处还少吗？单单他在香港的账户这一项，高锦林就给他汇进了成千上万的外币，只要他帮忙，就一定有账收。高锦林的诚信度极高，这他一点都不怀疑。

但设立保税仓是件大事，他根本做不了主，非得杜党生点头不行。

要说服杜党生并不那么容易，他太了解她了，在她的身后有着一张长长的骄人的成绩单。杜党生十九岁入党，二十岁当支部书记，有着丰富的基层工作经验。她刚调到海关的时候，并没有人重视她，便被派去负责基建，是个没人要干的活。

那时的海关，无论是办公大楼还是职工宿舍都是因陋就简，有些工作人员还住在长年失修的危楼里，更有不少无房户成为单位的老大难问题。从未搞过建筑的杜党生是在接受了新岗位之后，才知道盖栋楼房有多么繁杂。她从征地跑土地局开始，经计委、建委、市政、电业、城管等三十多道手续，盖回来三十多个公章，这里面的甘苦是可想而知的，但同时也反映出她非同凡响的工作和协调能力。

施工开始了，为了压缩成本，从三大材料到零部件，杜党生自己带着采购人员货比三家，择优购进。施工期间，为了便于处理夜间发生的紧急情况，她常常和衣而眠，有时干脆整夜盯在工地上。这根本就是一个男人的活儿,连从不抱怨的湘姨都愤愤不平,但是杜党生只是默默承受,她工作起来的劲头,男人都不得不佩服。

有将近两年的时间,杜党生从没坐过办公室,每天一件工作服,一顶安全帽,一身泥和水,和工人一起泡在施工现场。那时的包工头就想用钱把她攻下来,但她仿佛跟钱有仇似的,一分都不肯拿。有人扔下钱就走,她就把贿款上交,交上去的钱就有上百万。

那时候就有人知道冉洞庭在杜党生身边工作,便来做他的工作。他也曾试着说服杜党生把工程发包给出去,又赚钱又轻松,只要把住验收这一关,不会出什么大问题,但他被杜党生臭骂了一顿。杜党生说,任何的失职和投机都不可能让你把住最后一关,你给我记住这句话。楼房竣工之后,不仅质量上乘,还为公家有所结余,这在几乎每个工程都要增加预算款的情况下可谓"奇闻"。

就连包工头都十分佩服她,工程公司也给她送来了"廉洁拒腐"的锦旗。

那时的杜党生是连续多年的三八红旗手,优秀共产党员,全国五一劳动奖章获得者。

在这之后,她被派到郊区做货运监管,货管是海关系统最重要的业务之一,杜党生等于从头学起,但她勤奋好学,又肯钻研,无论谁有事她都愿意顶班,工作很快就上手了,对业务十分熟悉,别人都以为她是个老货管。还有一条就是她的凝聚力,只要是她呆过的地方,最终都成为先进单位。

共产党没有理由不信任这样的干部，杜党生终于被放在了海关关长的位置上。她没有让领导失望，第一年就查获涉嫌走私案三千八百五十四宗，扣私货价值近十亿元，上缴罚没收入共六点二亿元，查私案值在当年为全国第一。

杜党生没有什么爱好，不贪钱，你有时拿她还真没什么办法。对于不爱钱的官员，高锦林送过价值不菲的古画古董，送过七十八万元一张的虎皮，也送过十二万元一套的传世藏书。但这一切对杜党生好像都不会奏效。如果是男人，不好赌也好色，可杜党生又是个女的，而这种工作狂型的女强人毕竟不是老公包二奶的黄脸婆，不会对小白脸感兴趣。

没有人是没有弱点的，高锦林就这么认为。他认识的一个干部就不爱钱，又阳痿，他硬是让"小姐军团"轮番轰炸，令这个人再展雄风，恨不得每天泡在夜总会。身边有女人的人，还敢说自己不爱钱吗？不过是一种迂回的方式。杜党生是个女人，是女人就有母性，伟大的母爱有时也会成为一个无法逾越的高度。

"要在她孩子身上把文章做足，她的子女走得越远，她也就陷得越深。"高锦林温和地对冉洞庭说，看上去一点也不急。

他叫冉洞庭送给彭卓童的金卡是没有金额限制的。

冉洞庭已认同这一做法，所以他对卓童和卓晴有求必应。前两天，卓晴找他过两万吨的钢材，这件事风险很大，但他还是想方设法去办了。他把两万吨钢材分成几张小单报关。粗算了一下，这一宗生意万顺公司就赚了五十四万。

高锦林问冉洞庭这段时间卓童都在干什么。冉洞庭笑道："他还能干什么？无非是想办法把钱花出去罢了。他最近认识了一个小星，整天腻在一块儿。"他把卓童和亿亿的事简单说了一遍。

高锦林想不起亿亿演过什么，但他知道她一定想红。这种事他在行，还能帮上卓童的忙，他现在就是要让卓童心想事成，所花的费用将来都能在杜党生那里找回来。

他拿出手机，拨了一个号码，话筒里传来一个柔软的女声："喂——"

"曼俏啊，在干吗呢？拍戏啊？"

"废话，不拍戏我吃什么？"

"最近想不想动一动？"

"有什么好玩的事吗？"

"我刚买了一艘二手游艇，他妈的全新的太贵了！在香港铜锣湾避风塘，意大利制造，有九成新，船主因为金融风暴破产，只好忍痛割爱。你过来玩玩吧。"

朱曼俏是明星里不那么蠢的人，所以才能在风雨飘摇的演艺圈屹立一线而不倒，最炙手可热的时候，所到之处会造成交通阻塞，她的衣着、发型、所用的护肤品，被大众争相效仿并旋风般成为时尚。即便是现在，她也是媒体倍加关注的焦点,这是她多年来保持神秘又不在外面滥交的结果。

高锦林不见得那么喜欢朱曼俏,但是喜欢她身上的明星之光。在高锦林用重金搬上床的女友名单上,也不乏名气显赫的歌星影星,但她们都比不上朱曼俏的艳丽和冷傲。

明星社交从来都属于有身份的人,高锦林知道,朱曼俏的周围一定会有重要的政府官员出没,所以他要成为她的朋友。有时不上床的人恰恰才能办成事。在北京,高锦林托人请朱曼俏吃饭,封了一个二十万的红包,朱曼俏推说病了,没来。高锦林一路加下去,一百万才把朱曼俏请出场。

只要认识了,高锦林就能把他的能耐发展到极致。有一次朱曼俏在拍戏,高锦林组织了七辆奔驰去探班,为整个剧组包下高级酒店的总统套间,让他们狂欢三天。他还重金悬赏名笔,为朱曼俏度身订做剧本,许多自恃清高的作家也不得不为金钱美女动心。朱曼俏只不过介绍他认识了一个银行行长,后来这个行长给高锦林贷款了两个亿,这当然是高锦林会下工夫,但他还是送给她一幢价值上千万元的别墅。

朱曼俏也不得不承认高锦林是她最"拎得清"的民间朋友。

此刻,手机里传来一串朱曼俏的娇笑:"好好的,怎么想起叫我去玩游艇?肯定是有事求我,说吧,想见谁?"

"真的没事。"

"说吧说吧,趁着我高兴。"

"帮我提携一个新人吧,我知道你上的戏都不差,你推荐的人导演也不敢不用。"

"谁呀?"

"莫亿亿。"

"千千、万万也罢,亿亿也罢,这种事对你来说不是小菜一碟吗?!"朱曼俏的口气里有点酸溜溜的味道。虽然她跟高锦林也没什么,但是想到他将用同样的手段去追别人,心里还是不那么自在。

高锦林急忙解释道:"曼俏,你在我心目中的位置是无人可比的。这一点你一定要相信。我现在的生意盘子太大,这是我的命!生意砸了什么不是扯淡?!说难听点想巴结你你也不认啊!我现在是七仙女一起下凡也无心消受,这不是要拉关系吗?!"

"你怎么不当演员啊?说得那么可怜。好吧,我知道怎么做了。"朱曼俏的口气又恢复了轻松。

高锦林道:"游艇的事可是真的,随时光临啊!"

收了线以后,高锦林对冉洞庭说,买下游艇的那天,他在水上兜风,想起多少年前骑着摩托艇在海上走私,根本想不到会有今天。他说我们乡下仔可能就是没的靠,所以才会有今天,说狠一点是一种阶级仇恨。

他说,你知道我父亲为什么瘫痪在床?是因为抢粪。

你看着我干吗？听不懂吗？就是大便！因为同样是去掏驻军的厕所，但是空军的粪好哇，肥呀，比化肥好用又不花钱。这么好的东西大家都要去抢，他被人打成重伤，差点滚到粪池里去。要不然我怎么会去捡垃圾？!他像在说别人的事。

冉洞庭很佩服高锦林自揭伤疤的勇气，从不忌讳自己卑微的出身。他相信他一定能干成大事，就是坏，也是大奸大恶，能坏出名堂来。

闹钟响的时候，冉洞庭翻了个身，想让自己更舒适一点。昨天晚上他多喝了几杯，是瓶子里有一艘玻璃帆船的那种五粮液，味道十分醇正。后来高锦林又拉他去了夜总会，坐台小姐跟他猜拳，又输喝了几杯马爹利。疯够了回到家已经是凌晨三点了，国酒和洋酒混杂在一起，搅得他头痛欲裂，他洗都没洗，倒头就睡。

单位分给他三房一厅，却只住着他一个人，他坚持不让老婆孩子到这儿来。单身男人的日子虽然不好过，没有热饭热菜等着，也没人帮着洗洗刷刷的，一切都是瞎凑合，但他宁肯这样也不愿自寻烦恼。

房间里的布置很简单，甚至可以算是简陋。旧家具是别人更新换代之后给他的，高锦林到这儿来过，称这里是八路军办事处旧址。冉洞庭对豪华装修不起劲并不是舍不得花钱，而是不愿面对他的家庭，他的老婆。装那么好干吗？他那个见钱眼开的老婆还不得一生一世地赖上他!

冉洞庭觉得自己人生最大的失败就是娶了个乡下老婆,脱胎换骨也不是一朝一夕的,当年到了适婚年龄,在母亲的催促下,他认为自己独具慧眼,看上了镇里湘剧团的一个女演员,下工夫追了一通,追到手之后以为捡了个金蛋蛋,新新鲜鲜地过了两年,同样一个女人,带到城里来休假,不光是土,而且还俗里俗气。也不知是老婆老得太快了,还是冉洞庭的眼光越来越高,总之他觉得老婆根本拿不出手。在海关上班的随便一个女文员,不知比她强哪儿去了。

人家年纪轻轻的,全穿黑色的,素色的,老婆却是什么花穿什么,头发烫得枯草一样,还要扣上一个大花夹子,看得冉洞庭眼晕。以后凡是她来休假,冉洞庭从来不跟她在一块走,见到同事也不作介绍。

人事处有若干个机会可以调他老婆进城,都被他婉言谢绝了。有时夜深人静,他真是肠子都悔青了,早知道有今天,他无论如何得熬着,那他现在就是钻石王老五了。

他可以选一个各方面都不错的城市女孩结婚,他们的子女才能彻底摆脱乡下血统。

不能再睡了,冉洞庭极不情愿地坐了起来,发了一会儿怔,才跳下床快速地梳洗。尽管睡了一觉,但他仍感到头重脚轻,他一边用电动刮胡刀在下颔来回移动,一边单手冲了杯浓茶,心里想着今天如何找机会为高锦林的事在杜党生那里铺垫几句。

冲进办公大楼，他看了看表，还是迟到了，他随便想了几个理由，譬如塞车之类，所以说城市交通不好不能算是没有一点好处。他向自己的办公室走去。

推开房门，他愣住了。

杜党生黑着一张脸坐在他的大班椅上。

"你很忙啊！"杜党生的眼睛像鹰隼一样地看着他——严格地说这已经不是女人的眼睛了，她盯着他，同时用手指敲了敲大班台，"我要找你谈事还得坐在这儿等你！！"

冉洞庭一声都不敢吭，早已吓出了一身冷汗，他知道任何一条理由招来的只能是痛骂。跟了杜党生这么多年，他深知她暴怒的时候你只能一言不发，哪怕你是对的也不要解释，非得等暴风骤雨过去之后再作分解。他低着头，但是脑子飞快地运转着，想着杜党生可能是为哪件事生气。

经他手办的事实在太多了，他有点发懵。

杜党生火冒三丈道："高锦林是你什么人？！他是你亲爹吗？！怎么他的货还没到关，电脑上就已显示'验讫'，我查过了，是你授意在电脑数据上做了手脚，这简直是骇人听闻！是的，我是让他走过两批货，那也是为了公安局换装备，加上你在旁边说他怎么怎么有背景，我也没拿他一分钱好处！别以为有初一就有十五，我也不能关门失守让他长驱直入啊！你跟谁商量了就敢这么干?!"杜党生拍着桌子质问冉洞庭,气得脸色苍白,没有一点血色。

她起身踱到窗前,闭上眼睛深深地呼出一口气。一念之差,一念之差啊!她当时就不应该开这个戒,凌向权说情是一个方面,但她还是十分犹豫的。就是这个冉洞庭,他说,金三角是怎么兴旺起来的?不就是某某富商送了一百台车,你以为他给钱了?没有,你们把车卖了不就是钱吗?赠送的车不打税,卖车不就是逃税吗?可是没钱怎么搞建设?这是没办法的办法,要搞活经济就不能认死理。假如当时不这么变通,还会有今天的金三角吗?!

出了事怎么办?这些歪道理能讲得清吗?

能出什么事?什么事才算事?广州的乙烯厂,河南中原制药厂,川东氯碱工程等等,算大项目吧?十几亿几十亿的投资付之东流你找不到责任人,一句"决策失误"就再也没有人来追究了。我们为公安局行方便,那也是为了保证本地区的安定团结,总不能看着犯罪分子比咱们人民警察还威风。如果这也算事,那只能说是办了一件好事。

怪不得过去的皇帝还要"清君侧",一把手身边全是这样的人,那还不是一步一步把我往断头台上送?杜党生想到,以往她对他太客气了,总觉得是看着他长大的,还能坏到哪儿去?新找一个副手,谁知道他跟你是不是一条心?现在看来是她自己把猫都养成老虎了!

杜党生转过身来,看见满头大汗的冉洞庭,声调降了下来:"鉴于你最近的'突出表现',我准备向党委提出来,让你参加今年市里的扶贫团,到下面去好好锻炼锻炼。"

冉洞庭也没想到自己"扑通"一声就跪下了,双腿一软根本就不听他的指挥,他怎么能在这种时候离开呢?每个人都有自己的机遇,过了这个村就没那个店了,他就是死也要死在岗位上!但他知道在这种时候他不能哭着喊着不去,看来这回杜党生是真的生气了,她是个吃软不吃硬的人。

他突然呜呜呜地哭起来,泪流满面地说:"您狠狠地打我一顿吧!我一直觉得自己就是你的亲儿子,我太不争气了!我去扶贫团,哪怕是去援藏都没有问题,但是把你气成这样,我真的心如刀绞!对不起你我简直就不是人!

"你从小把我从农村带出来,没有你哪有我的今天……"冉洞庭泣不成声,说不下去了。

杜党生的眼圈也红了,这么多年,她寄予厚望的两个儿子,卓童和洞庭都让她失望了。她是一个重情分的人,在她艰苦工作、心力交瘁的时候,是湘姨知冷知热,问寒问暖;在她离婚后的寂寞日子里,是湘姨陪伴在她身旁,开解她心头的苦闷;有一次,她加班到深夜,回家时看见阳台上站着湘姨的身影,一直观望着她回来的那条路。她没有母亲,她所接受到的母爱全部来自这个普通的乡下妇女。她相信这个乡下妇女无论在谁家做都是一样的,因为她有一颗纯朴而博大的心。

可是湘姨什么也不需要,她的生活简单极了,后来又生了病。也正因为对她的爱,她才一次次容忍了冉洞庭的错误。

"你赶紧站起来吧,别人看见像什么样子!"杜党生的心果然软了,但在她的脸上,没有一丝一毫的痕迹,她的话仍旧像刀子一样,刀刀见血,"你看看你现在都变成什么样子了?!我听别人告诉我,你每个星期都去打高尔夫,你哪来那么多钱?别人请那就更不应该去!中央三令五申国家公务员要自律,市里也一再强调干部'放下你的棍子!'可是这些对你来说全是耳边风!

"你多久没去看你妈妈了?半年还是八个月?你再忙也忙不过我吧?!为什么我每次去,大夫都说从来没有人来看过她?!一个人连他自己的母亲都没时间关心,你说他还是人吗?你刚才说,没有我就没有你的今天。你错了,没有你的母亲才没有你的今天!你自己好好想想吧!"

杜党生的双眉紧皱,拧成一个大疙瘩,看也不看冉洞庭,怒气冲冲地走了。

冉洞庭重新坐回自己的大班台前,半天缓不过神来。好一会儿才拿出备忘录,记下一行字:星期六去老人院。

其实,他并不是一个不孝之子,他也是爱母亲的。他有一个专门的账号在老人院,任其工作人员支取。母亲的病情越来越重,发展到大小便失禁,用纸尿布会好一些,不那么受罪,但是单单这一项,每个月的费用就是三千元,有许许多多的新生儿未必能享受到这种待遇。不是每个人都能这么做的,能力是一个方面,更重要的是病人没有意识,她完全不能感受到这是一种爱,从这个角度说,用什么东西都是一样的,原始的尿布,或者听其自然,反正护理人员会定时清理。

但是他坚持让母亲用最好的,包括她的营养饮食,这些都是钱,真金白银源源不断地输入那个账号,而且摆明不会有任何回报,而且也不见得有什么意义。

不过,他真的是很少去看母亲,对他来说,母亲除了生他养他爱他之外,更是一个顽强、深刻、挥之不去的记忆,那就是农村贫苦的生活,单调沉闷没有任何色彩,脏到极致也累到极致,但是每一分钱都可以困扰他们。

穷就没有尊严。他还记得母亲没有出来帮佣的时候,他发高烧,母亲抱着他去乡里唯一的卫生站,就因为没有两毛钱的挂号费,便没有人理睬他们,母亲只能一次次到厕所里用凉水打湿毛巾敷在他的额头上。后来母亲说,如果你那时抽起来,我什么办法也没有,只能给人家下跪,求他们救救你。

他太不愿意面对那样的过去。可是,只要看到母亲,看到她的衰老、疾病、关节变形的双手和深深弯曲的脊背,以及饱经风霜之后的漠然,他还能想起什么来呢?!

尽管内心里有一百个不乐意，上官器还是第二次来到万顺公司，他在外面跑了一大圈，在几家报关公司进进出出，发现彭卓晴给他报的价是最低的。这太出乎他的意料了。走私分子喂肥了这些人，也养大了他们的胃口，把价格抬上去了。

城中方一日，世上已千年。

曾几何时，他就是一张活名片，谁见了他都愿意给予帮助。而也正因为如此，他才严格要求自己，从不在个人私事上求人，总是为了单位和集体的利益才去找有关领导，这是他一直引以为豪的事。然而现在，他觉得自己的效应在一天天地褪色，优势全被新贵们占去了，他们天王老子都不认，要办事就拿钱来。

他就是带着钱来的。

本来他还有点尴尬，毕竟是他自己找上门来吃回头草了。但显然他是多虑了，卓晴和寇奋翔对他非常热情，似乎他们之间并没有过任何隔膜。他们还一再表示，如果他的钱周转有问题，那就以后再说。

他都有点糊涂了，但是他坚持放下钱，生意场上的人，不会拿客气话当真。

彭卓晴并没有吃错药，有一天她回母亲家吃晚饭，无意间提起上官器在省城的父亲，卓晴说，我听说他很廉洁，但能力也很有限，别人向他汇报工作，他就是三句话：要抓大事，要想问题，要弹钢琴。说完就大笑起来。

杜党生道,这有什么好笑的?关心国家大事,善于思考问题,干工作要像十个指头弹钢琴一样,这是毛主席说的。这是非常精辟的放之四海而皆准的真理。

卓晴还是笑,十指在胸前灵活地晃来晃去,做弹钢琴的手势。

杜党生突然很严肃地说,听说上官书记有可能调到中央去。

卓晴脱口而出道,就他这水平,不要亡党亡国呀?!

放肆!杜党生道,你以为当官有水平就行了?!当官讲的是综合素质,有的人没有水平,但是他可能很民主,能听不同意见,能容纳百川,这样的官也是好官。毛主席会打仗吗?可是毛主席会用兵,能把江山给打下来。

而且,杜党生意味深长地说,官场上,常有两派僵持的局面,这种时候,就很难讲真正有能力的人上得去,因为他越有能力,来自各方面的钳制力就越大。毛主席为什么要用华国锋?事实也证明他用对了人!

妈妈,你很崇拜毛主席吧?

他老人家真的是伟大。杜党生充满感情地说。

彭卓晴也有很功利的一面,本来她以为上官器的父亲并非官场上的风云人物,水平又不高,无非等着"安全着陆",享受晚年。但如果情况不是这样,她也犯不上得罪上官器。不过话又说回来,让她一分钱不赚,她也不甘愿。

不是她不能放过一个上官器，而是金钱守则上有一条铁律，就是不能在各种各样的情况下让步，否则你每回都会跟金钱失之交臂。而她现在是在商言商。

所以她想，如果上官器不想花钱，那她只好让母亲去做顺水人情；但如果他肯花钱，她就把这件事交给冉洞庭去办，省得母亲追查她收多少手续费的事。

"三天之内，一定给你答复。"卓晴向上官器做出承诺。

上官器不卑不亢道："不会是不好的答复吧？"

卓晴道："你放心吧，我拿人钱财，替人消灾。"

两个人还煞有介事地握了握手。

走出万顺公司，上官器心里还是不痛快，毕竟给人家割去了一块肉。他妈的这年头就是"屁股指挥脑袋"，上官器想，如果我是反贪局长，非把这些人抓起来统统枪毙！可我现在坐在总经理的位置上，却不得不"知法犯法"。这叫什么事啊？！

这段时间，因为总有进账，卓晴和奋翔的心情都很愉快。加之上面的风声一紧，许多通关公司的内线全都按兵不动，采取观望的态度，等待着阵风阵雨过去。这就等于送肉给他们吃，那没办法，市场经济是拼实力的。

寇奋翔把腿架在茶几上，感到从未有过的轻松和兴奋。事实证明，的确是他多虑了，再大的声势也挡不住他们的关系是对接，如果九曲十八弯，分薄了利润不说，每一层关系都是一重危险。卓晴的母亲是一棵大树，完全可以为他们遮风避雨。"有了钱，你打算怎么生活？"他像是在问卓晴，又像是在问自己。

卓晴想都没想："自由，最大限度的自由生活。不用看人脸色，不用受制于人，活得很体面。因为每个人都是嫌贫爱富的。"

"你说得太对了，今后我们就这样，公一份，婆一份，挣出我们的美好人生。"

"去去去，谁跟你公一份，婆一份，我跟你可不是很熟啊！"

"我知道你看着谁好，可他有老婆，有孩子，有你什么事啊？！"

"寇奋翔，你少胡说！"

"我胡说，我早就看出来了。"

"你看出什么来了？"

"他有什么好啊？！不就你们家一保姆的儿子吗？！"

"那怎么了？！那他也比你有品位。英雄不问出处嘛。"

"你看，承认了吧。"

卓晴不再理寇奋翔，背起她的小坤包，一扭一扭地往外走。

寇奋翔叫道："喂喂喂，不是说好一块吃饭吗？"

"我不想吃了。"卓晴头都不回地走了。

望着卓晴的倩影渐渐远去，寇奋翔并没有生气，反而是一脸的志在必得。

一开始，应该说卓晴对冉洞庭并没有什么特别的感觉，只是由于某种"胜似亲人"的关系，冉洞庭经常出没在母亲身边，他们也就慢慢熟悉了。卓晴办公司以后，与冉洞庭的接触越来越多，她发现他有头脑，办事利落，特别是他的分寸感，简直修炼得炉火纯青，决不会因为办了几单漂亮事就跟你套近乎，也不会唯唯诺诺只懂得逢迎和巴结。

正是这种若即若离，使卓晴感到内心有点异样的飘忽不定。

六

这是一个普通的早晨，因为多日无雨，大街上尘土飞扬，完全没有早晨的清新。莫眉照例挤公共汽车上班。车上人很多，一张张目光呆滞的菜色的脸，可怕的漠然。这些人需要艺术吗？这些人会见义勇为吗？这些人会爱护动物吗？真是天知道。莫眉想，人们变得越来越麻木了，捡到金子不笑，天塌地陷不惊。她其实很不喜欢这种感觉，害怕自己也变成这个样子。她那种与世俗势不两立的感觉一直保持到现在。

车上的电喇叭里在播着天气预报，还有什么空气指数，数据她从来没听懂过，也没想把它搞懂，难道空气很差很差我们就不活了吗？你很精通空气指数有什么意义？！

广播里还大讲"三鞭宝"的奇效，使男人如何如何大展雄风。谁也没有觉得不自在，莫眉想起有一个男孩问她什么叫不侧漏。是的，这就是每一天，所到之处都是广告，都在介绍产品，然后是各种各样柔美的声音，你吃了吗？你喝了吗？你穿了吗？你用了吗？那些数不清的钙片止咳水饮料保暖内衣减肥腰带等等。

路况不好，到达狗站时比平常迟了将近四十分钟。在室外散步的狗跑过来，趴在莫眉肩上表示亲热，它们爱她。

莫眉忍不住与狗亲热，有人从办公室伸出一个脑袋："莫眉！赶紧过来。"

同事们的脸上都很严峻，他们告诉莫眉，由于一夜停电，两个冰箱里的东西包括狗食都臭了，脏水化了一地。

莫眉知道，这是因为狗站欠交房租水电费过久，工厂留守处在多次警告他们之后，不得不采取的强硬措施。可是他们连吵架的底气都没有，实在是拖欠人家的费用八个月有余，天下没有不要钱的午餐，仓库腾出来还可以租给别人。

狗站也找过保护小动物协会，可是这种协会只是一块招牌而已，一没编制二没资金，凡事都得化缘。也有人说，现在那么多人下岗，衣食无着，咱们哪还能顾上狗啊，人道毁灭也不能说不是一条路，早死早托生，下辈子不做狗做熊猫，不光享不尽的安逸富贵，还能到美国去度假。狗站的人不仅空手而返，还要听这些不咸不淡的屁话。

说来可悲，狗的命运也掌握在大款手中，以前人家有钱，赞助一点不是问题。可是现在生意难做了，又是金融风暴，又是股市崩盘，人家现在烦得要跳楼，你总不能赖上人家吧？

莫眉提到一个爱狗大款的名字，好几张嘴巴一块对她说，那个人早破产了，前段时间放煤气自杀，幸亏给救过来了。好什么好？植物了。

狗也不能一日不吃啊，莫眉把身上的钱拿出来，当然没多少，大伙也只好这样，多有多拿少有少拿，一块儿凑了凑，钱数不提也罢，总之少得可怜，因为也有几个月没发工资了。幸亏大伙都是爱动物的，也都不发牢骚。有怨气的人在这儿干不长，三天就走了，最快的一个，两个小时走人，大伙都没记住他的样子。

有人问莫眉："你说的那个什么慈善晚会，还有那么回事吗？！"

"有吧。"

"怎么一点谱也没有哇？我们可到了生死存亡的紧要关头了。"

"我想应该没问题。"但她的语气实在没多大把握。

那天吃完饭回家，她就看了慈善晚会的企划案，文件做得的确十分正规。亿亿说，当然了，卓童找的是最好的策划公司，总部在香港，很有经验的。他做什么生意能赚这么多钱？莫眉问亿亿。亿亿翻白眼道，我也不太清楚，但我亲眼看见，很多很多人巴结他。

你去过他公司吗？

没有。

那你怎么敢相信他？

他身上有一种东西是绝对装不出来的。

你说得也太玄了。

不信，你就让他做这个晚会，他一定会让你满意的。

我当然想筹到款，谁知道他是不是说说而已，现在说说而已的事实在太多了。

想做不就完了吗？我去跟他说。瞧你这一篓子话。

可是到了办公室，情况变得这么紧急，万一没那么回事，她可怎么下台？！莫眉并不了解卓童，她觉得女儿也未必了解这个人。她怎么敢大包大揽，板上钉钉？！她一含糊，别人还起什么劲啊？

大伙七嘴八舌地说，我看够呛，这种神话故事我听得多了！会不会是骗子？我们当然没什么可骗的，你说是你女儿的朋友，那肯定是想骗你女儿！你女儿那么漂亮，又没什么城府，不骗她骗谁呀？！骗子开始都是摆阔，其实是花贷款，反正把贷款当利润花，然后就许愿，什么都答应，什么都不在话下。

莫眉也让他们给说毛了，心想，虽说慈善晚会是大事，但也大不过女儿的终身大事。真要是骗子，那不成笑话了？可是她也认识彭树，他的儿子怎么可能是骗子？但他儿子也有可能没什么钱，打肿脸充胖子不就是变相的骗子吗？莫眉心里七上八下的，她拿出电话本，给彭卓童打了个电话。

她直截了当地说，我想到你公司去一趟，有急事。

卓童说他现在在策划公司，还是在完善晚会的事，确定嘉宾名单，不如一块儿谈谈。我叫司机去接你。

莫眉一点也高兴不起来，而且卓童不让她去公司更加重了她的疑虑。所以，她坚持要去卓童的公司，同时坚持自己搭车去，仿佛是下定决心去揭穿一个见不得人的秘密。

本来，彭卓童的确也没有办公室，还是冉洞庭劝他，说没有办公室不方便，要给他找个地方。卓童说随便吧，这一随便就随随便便进了东泽国际中心大厦，八楼整整一层都划给了卓童用。

莫眉转了三趟车才来到东泽国际。彭卓童在办公室等她，还有来福，这只酷狗和卓童穿着图案一模一样的情侣装，都是英国名牌博柏利的经典格子，这使得来福与生俱来的狂野气质中又多了一重绅士风度。他们在各自做事，越是一本正经看上去就越滑稽，莫眉还是忍不住笑了，使命感顿时烟消云散。

见到她，卓童对来福说道："这是我的贵客，跟她拉拉手吧。"

来福走到莫眉跟前，审视了她一番，才不情愿地抬起一只爪子，让莫眉握了握。

"你好！你好！"莫眉受宠若惊地与来福握手、问好。这条狗太高贵了,不光是品种,还有神态和气质。

办公室装修得很气派,靠墙有一排榉木的书柜,里面大部分是工具书、合同大全之类的,也有一些杂书混在里面。旁边是一圈会客的沙发,宽体舒适。这里的特点是空旷,可以说是大而无当,放了那么多东西也不觉得有什么。包皮的大班台,皮椅,后面便是宽敞的落地玻璃窗,窗外是大厦院落的绿地、花坛和车库,车库里停放着若干辆高级轿车。

莫眉看着一辆辆擦得光可鉴人的轿车,在心里掂量着彭卓童的实力。不料彭卓童走过来,不经意道:"这些车和这个大楼都不是我的。"

莫眉惊道:"那是谁的?"

"我的一个朋友,生意做得特大,这一切都是他的。我只不过借他一个办公室搞搞策划什么的。"

"……"

"我靠脑子吃饭,一个主意出来,他们都争着投资。慈善晚会也是,同样有广告效应,还能打社会知名度。"

卓童这么一说,反而令莫眉相信了他。

卓童话锋一转道:"阿姨,你不是说有急事找我吗?出什么事了?"

莫眉只好说出狗站现在的境遇,叹道:"明星狗当然没有问题。"她情不自禁地看了一眼来福,来福蜷在沙发上,孤傲地望着窗外。"可是流浪狗呢?等待它们的可能是人道毁灭,我真不知道它们能不能坚持到开慈善晚会。"

卓童打电话叫来一个会计模样的人,他说:"开一张五十万元的支票。"

莫眉简直不敢相信自己的耳朵,不觉惊呼一声:"我的天啊。"

"多了还是少了?!"卓童转过头来问她。

她马上意识到自己显得太没见过钱了,立刻控制住情绪,镇定自若道:"救急应该是没有问题了。"她激动得心怦怦直跳,在舞台上她体验过各种人物的心情,这种表现只有在情人相见时才可能发生。

转瞬间会计就送来了支票,莫眉双手接过支票道:"就这么简单?!"

卓童笑道:"就这么简单。"又对会计道,"我会跟你们老板打个招呼。"

会计忙道:"不用不用,老板吩咐过了,您的任何要求,我们照办就行了。谁提出疑问就炒谁。"说完知趣地走了。

"你是什么脑子啊?!这么值钱?!"莫眉重新打量着卓童,像看外星人一样地看着他,好一会才千恩万谢道:"你可帮了阿姨大忙了!"说着说着眼圈都红了。

走出东泽国际大厦的时候,莫眉从心里觉得有钱人并没有想象中那么讨厌。

厨房里弥漫着一股鸡汤的香味,莫眉因为身上的钱有限，只买了一只鸡架，这可真是鸡架，肉剔得那叫一个干净。

　　……好像花儿开在春风里，
　　开在春风里……

莫眉哼着《甜蜜蜜》，手拿锅铲快乐地炒着菜。她今天真是出尽了风头，当彭卓童的积架轿车把她送回爱心驿站的时候，站里的工作人员全都目瞪口呆。她也像明星来探望他们的狗时一样，下车之后，顾盼左右，生怕周围没有一个人。

她又把支票拿出来，这一切简直把大伙震糊涂了。

是真的吗？大伙传看着支票，又对着光看。最后郑重其事地交给会计验明正身，会计看了又看才说，像真的。

莫眉道："真的就是真的，还有什么像不像的?!"

大伙高兴得都使劲说话，最后簇拥着会计，让人骑着站里唯一的交通工具，一台破嘉陵摩托，带着会计去银行兑现。

"什么人这么大手笔啊？"

"追你女儿的大款吧？"

"别犹豫了，这样的女婿到哪儿找去?!"

"你们怎么就感觉不到我的魅力?!"莫眉觉得自己不是一个虚荣的人，但话出口时还是变成了："你们绝对想不到,是我过去的一个崇拜者,每回我主演的新话剧,他都一连看好几场,就像现在的人看《泰坦尼克号》一样。他说他愿意帮助我。"她把彭树对她的夸奖安在卓童头上,没觉得有什么特别的不妥。

同事们开始重新认识她的价值:"莫眉,我真羡慕你,到了这个年纪还有人爱。我觉得男人甚至不愿多看我一眼。"

她哪有什么爱?!还不是一生都在等爱。钱还可以从天而降,但是爱呢?爱在哪里?!

"莫眉,你风韵犹存,还这么有爱心。我要是男人我也爱你!"

所以你就不是男人,中国男人哪会欣赏什么风韵犹存,看女人就是挑黄瓜,越嫩越好。

不过这些由衷的礼赞还是让莫眉久旱的心田如遇甘露,她原谅了自己,偶尔虚荣一下应该是无伤大雅。

甜蜜蜜,你笑得甜蜜蜜……

突然,她的上半身被人紧紧地抱住了,原来是亿亿旋风一般地冲进厨房,一把抱住了莫眉。"你疯了吗?!"莫眉被吓了一跳。

"妈,我要红了。"亿亿松开母亲,很严肃地宣布。

莫眉笑了笑,继续炒菜。

"真的,你知道吗?朱曼俏的经纪人给我打电话,说她点名要跟我配戏。"

"这不可能。"莫眉想都没想就这么说,也没看女儿一眼。

"我就知道你不信!导演已经同意了,正式通知我演《家族风云》里的女二号。《家族风云》你总该知道吧?!早就被炒得沸沸扬扬的,本子特别不错,又是最好的制作公司来做,好多女明星都放下架子,找各种各样的关系自报家门,就是要上这个戏!"

莫眉"啪"的一声把火关上,两眼盯着亿亿:"看来这是真的了?!"

亿亿的眼睛醉汪汪的,一个劲地点头。

"这怎么可能?"莫眉还是不太相信,福无双至,她不可能一天碰两件好事,而且是天大的好事。

"我有潜质嘛!"亿亿摇着母亲的胳膊,"是你说的我有潜质,在我演那些小配角的时候,你总是这么说。"

莫眉望着女儿,突然扔了锅铲,两个人同时尖叫起来。

莫眉眼带泪花道:"生活太美好了!走,咱们出去吃饭。"

"就在家吃吧,我饿死了!菜都炒好了,鸡汤不挺香的嘛。"

"不不不,出去吃,我太高兴了。明天咱们不过了也要出去吃。不过我没钱了。"

"我有,走吧。"

她们决定去吃日本料理，日本菜虽说是中看不中用，但是有情调。

激动的莫眉还去翻了女儿的衣柜，大黄不知发生了什么事，也兴奋地跟在莫眉的身后走来走去。

亿亿平摊在沙发上，两眼盯着天花板憧憬："妈，我的衣服怎么合适你?!"

"可我的衣服颜色都太沉了，无法衬出我这么靓的心情。"

"穿那套方达色的。"

"也只好如此了。"莫眉絮絮叨叨穿衣服，梳头，擦口红，"我做梦都想再漂亮一点。"

"妈，你很烦啊。"亿亿坐起来说道。

"你现在就嫌我了?!你还没红呢，你需要我的策划和安排，因为我红过。"

亿亿冲着镜子撇了撇嘴。

这时，门铃忽然响了。母女俩不约而同地对望了一眼。大黄汪汪地叫起来。

亿亿从"猫眼"里往外看，不出声地对着母亲，口形夸张道："是……剧……虎。"她指指里屋，"就说我不在!"她的手在胸前摆了摆。

可是莫眉也指着里屋，做手势说自己不在。亿亿都被她弄糊涂了，正待细问，莫眉已经钻到里屋去了。

门铃顽强地响了好一阵，终于不响了。

亿亿跑到里屋，不解道："妈，你干吗不见剧虎?!"

莫眉半天没吭气，好一会儿才颇为伤感道："我没脸见他。"

"这跟你有什么关系?!"

莫眉叹道："我改变主意了，剧虎是个好孩子，可是彭卓童也不差啊，如果你真的是红了，可能还是卓童更合适你。"

亿亿无法相信母亲三百六十度的转变，吃惊地瞪大了眼睛。

莫眉始知，说和做从来都是两回事。无外乎一个有钱，她内心的防线就没守住。她只比女儿更虚荣，那些愤世嫉俗的人们啊，有几个人是真正有钱的?!当金钱为你解决了问题，让你结束了愁眉不展的生活，你马上就变得平和了。你会问自己，我为什么不选择最好的？为什么不!!

剧虎这孩子实在是太可怜了，她竟然和女儿一块抛弃了他。她年轻的时候不是这样的，她坚定，有信仰，即便是很少人看话剧，她仍然认认真真地创造角色，从心里感到充实。钱压根就不是问题，谁要是为了钱就怎样怎样，就连他自己也会看不起自己。她的思想感情，她的精神世界都是计划经济的附属品，那是一个时代的生活模式，她这样生活，也教育女儿这样生活。如果她们的生活里没有出现彭卓童，她们，至少她一定不会怀疑这是一种虽然贫寒但是高尚的生活。

可是现在谁有安全感？你不知道会碰上什么事，而且碰上任何事都要自己解决。钱成了唯一的防身之物。然而,也许你做出了正确的选择,但是你痛苦。

喜悦总是稍纵即逝,整整一个晚上,莫眉都在为自己的行为深感愧疚。

正午的阳光透过七十八层高的诚信大厦的玻璃窗射进凌晓丹的办公室里,晓丹喜欢一切自然的东西,阳光、微风、树、新鲜的空气,她的办公室里还放着绿色植物,它们在阳光下显得分外油绿。这也是晓丹为什么没有那么一张写字楼小姐特有的苍白的脸的重要原因,如果不是上班,她最喜欢的便是户外活动。

上班时间,她也不拒绝阳光。她从来不认为收拾保养得如艺伎一般的脸有什么美。

在这么高级的写字楼里开公司,先不要说挣钱,就说租金、管理、水电等费用都不会是一个小数字。没有人相信凌晓丹是凭借自己实力坐进诚信大厦的。

但实际上,晓丹大学毕业后真的没靠父母,或许是因为她在学习外文的过程中,也接受了不少西方的理念,认为凡事依赖家庭是极其没出息的表现。所以在她找工作时,她的履历表上填的是出身于工人家庭,这样也容易看清楚别人对自己的真正嘴脸。

无论是在国营单位还是在私营公司,她都是从最底层的职员做起,她并不认为这是问题,或者内心有什么不平衡,因为积累到的,一定是纯粹属于自己的甘苦和经验。

国营单位当然好,但是人际关系相当复杂,谈作为谁都没兴趣,只有是非才是每个人津津乐道的。晓丹知道,如果她亮出自己的底牌,她立刻就能得到不少实惠,但那有什么意思呢?她也将卷进这无休无止的是非之中。

私营公司,举步维艰,生存意识压倒了一切。假如不具备一定的实力,就不可能在稳定中求发展。在这里倒是没有人事纠纷,你也不必在人际关系上煞费苦心,一切都变得简单了,那就是做好你分内的事,也拿你应得的钱。可是这种公司就像风浪中的小船,好的时候还行,随便一个问题就能让整个公司忙成一团,也未必有什么结果。凌晓丹在三个月没拿到工资的情况下离开了那里,因为这样的公司没有任何前景可言。

后来她去了一家进出口公司,只是做一般的文员,偶尔当当翻译。在一桩业务的反复谈判中,她发现自己所在的公司向澳大利亚的客商隐瞒了实情,出于良知,她挽救了蒙在鼓里的客商以及他将付出的巨额投资。这个客商当然很感谢晓丹,但晓丹因此被劝退职。这之后,她当了半年多的导游。

外国人总是比中国人有记性。不久,这个客商重新来到中国,他千方百计地找到晓丹,向她咨询有什么可靠的项目能做。这也是后来晓丹萌发了开咨询公司的动因之一。

晓丹开始利用一切休息时间,按照客商的要求寻找合适的项目。那段时间她从来没有在晚上两点以前睡过觉,也没有想过她这样做不要说报酬,连夜班费也一分没有。但是凌晓丹并不傻,有一个直觉始终在支撑着她,那就是:机会来了。

她的判断没错,在她做足功课之后的精心指导下,客商在某地成功地投资了一座野生动物公园,并将其包装后卖给了国外的一家上市公司。她不仅得到了客商的信任,同时还成为他的合伙人,这时她才知道这位貌不惊人的客商在澳州富人榜榜上有名。

又做成几个项目之后,晓丹有了钱,第一个想法就是成立咨询公司。她认为只有高级写字楼才可能给外商信心,毕竟他们一投都是几千万乃至上亿的大项目,因陋就简人家就会怀疑你的能力,怀疑你所下的结论的权威性。在与老外打交道中,晓丹发现他们并不需要奢华,但他们相信正规。譬如如何面对媒体,他们绝不会看两本书了事,而是花很多钱到最正规的公司进行培训,其中包括形象设计,也包括对突袭式、尖锐式、陷阱式以及揭短式问题的应对。经过培训的人就是不一样,从镜头上看,可以当国家级的新闻发言人。

终于,晓丹在只有成功人士才在那里开公司的象征性建筑诚信大厦,成立了艾特投资咨询有限公司,自任总经理。

这就是晓丹的传奇,不见得惊心动魄,名声显赫,但经历永远是宝贵的。

她所碰到的困难,她所获得的成功并不重要,重要的是她懂得了应该和怎样务实。

早报一直放在办公台上,晓丹都是等中午吃盒饭的时候才翻一翻。公司里除了跑腿的事之外,项目经理、法律文书、文秘等,晓丹找的都是女孩儿,因为咨询公司是一个需要耐心的活儿,女孩子比较适合。可是她们也有她们的麻烦,叽叽喳喳,爱说爱笑。中午她一动报纸,她们就把娱乐版和时尚版拿去了,她们知道晓丹不看这些东西,而她们只看这些东西。所以我们做不了大事,只能受雇于人,她们自嘲。

吃饭并不能堵上她们的嘴,她们总是这样,从流行色讲到名牌降价,从美容美发讲到二奶的享受和心酸,她们肯定要议论影视剧,演员明星什么的。这一切晓丹总是似听非听,也从不发表任何意见,偶尔笑一笑,也是为了大伙有一个宽松的工作环境。

但是今天,有一个名字让晓丹感到非常刺耳,那就是莫亿亿。

果然,报纸上登出了莫亿亿的大幅照片,和朱曼俏的照片放在一块,这让凌晓丹暗暗吃了一惊。朱曼俏是何许人也?!真正的明星,当年她最红的时候,每天的上报率是百分之百,就是新人辈出的现在,她也是演艺圈里的常青树,一举一动都是狗仔队密切关注的对象。她只演过一部古装片《西宫》,不知迷倒了多少观众,从而引发了拍摄清宫片的狂潮。她拍的上海滩二十世纪三十年代的故事，云雾般的眼神，勾人魂魄的浅笑，爱到深处又无以表白的泪光，和包裹在别致旗袍里的细柔的腰肢，无不让人看得如醉如痴，仿佛走进时光倒流的迷宫。这之后的片商便转战大上海，遥想与往事层出不穷。

莫亿亿算什么?! 她连朱曼俏的一个小指头都不是。

"她是目前最有潜质的新秀。"站在晓丹身边的文秘介绍道，"报纸上这么说的。"

晓丹不觉在心中冷笑一声，潜质，大街上的人哪个没有潜质?! 怎不见他们一夜之间跑到报纸上发威?! 莫亿亿演了两年龙套戏，都不见她咸鱼翻身，认识了卓童，突然就有了潜质，这样的幕后故事想都不用想就知道怎么回事。

这段时间，凌晓丹一直都在等着卓童回心转意，至少是转移热点。但是她失望了，这一回卓童好像有十足的耐心。

项目经理道："莫亿亿也不是没有绯闻，听说她现在是有人'照顾'。"

这样的话题真是难愁寂寞，马上有人发表高见："有人照顾并不可耻啊，我不知多想被人照顾。"

"还是你照顾别人吧，你那么温柔，又会做饭又会绣花，现在哪个女孩还会绣花？简直是国宝。"

会绣花的女孩道："朱曼俏才是国宝，我爸爸这么正统,他说只看朱小姐的电影。我听说是朱曼俏要做姿态,提携新人。"

"没那么简单吧?我怎么听说是她的男朋友很有钱,不光帅,还很呵护她呢!"

"是啊,听说狗仔队碰上过,都说他们很衬,很登对,活脱脱一对璧人。"

一直没说话的凌晓丹突然冷着脸火道:"讲够没有哇你们?!还不赶紧做事,一个个年纪轻轻的口水多过茶!人家好不好关我们什么事?!做人最重要的是守本分,靠别人能红多久?我倒要睁大眼睛看一看呢!"

晓丹平时很少发火,对娱乐新闻更是点到即止。大伙只是觉得她今天气得有点莫名其妙,尤其最后两句话,她是咬牙切齿说的。

星期天一大早,晓丹如约来到卓童的住所。这个家伙你根本就抓不着他,家里电话没人接,手机又打不通。晓丹发狠叫秘书一直拨一直拨下去,才算约到他,告诉他有重要的事情谈。晓丹自己开一辆香槟色的宝马,她觉得宝马车高贵而且不张扬。

半天没有动静,约定的时间早已过了。她把电话打到楼上,没有任何声音,估计是把电话拔了,手机照样是关机状态。晓丹锁好车,跑上楼去。

她今天穿了一身鹅黄色的运动服,白色的运动鞋,看上去青春洋溢。穿了一周的套裙、丝袜、高跟鞋让她觉得自己很受束缚,她总感到那身装扮很做作,真正的她是随意而且充满活力的，就像现在这样。

敲了好长时间的门，晓丹突然有些担心，如果打开门是两个人……那她该怎么办？！当然她不至于傻到以为他们只是手拉手地睡觉，什么也没发生。但是真正撞上总是另一回事。在对待卓童的问题上，晓丹也没有想到自己的心胸能像大海一样宽广，她受的教育都是真爱只有一次，都是坚贞、专一、负责任什么的，但现在她觉得谁跟谁睡了一觉根本不是问题，要寻找真爱你就得包容，否则你就出局。

门，终于打开了。还好，没有什么电视剧里经常出现的香艳镜头。卓童穿着紧身背心和球裤，一看就是刚从床上爬起来，他眯缝着眼睛道：

"这么早，干什么呀？"

"你还问我干什么？不是说好今天去爬山吗？！"

"你饶了我吧，"卓童有气无力地说，并把晓丹让进屋，"来福，去给老哥哥我拿个枕头。"说完便倒在沙发上，来福果然就叼着枕头过来了。

见他这副样子，晓丹气道："你还睡？！昨晚你到底干什么去了？！"

卓童半天也没想起来，索性不想了。

"我再问你，你玩就玩，把手机关了干吗？"

卓童闭着眼睛笑。

"你笑什么？"

"他们往我手机上发短信息，全是黄笑话，电信公司给我强行停机了。"

"你看看你身边的人,没一个好东西!"

"你也不要一竿子打……打……"卓童又迷糊过去了。

晓丹气不过,冲上去把卓童摇醒,来福不知怎么回事,汪汪汪地叫起来。晓丹不理,拿来卓童的外衣长裤扔在他身上,心里恨恨的,你当我是什么人?我在多少男人心里也是梦中情人,我年轻貌美事业有成,你凭什么提不起神来?!我平常就是对你太好了,太理解你了,所以你才无视我的存在。

卓童烦道:"你干什么嘛!"

"我就是要让你醒过来!你醒一醒!!"晓丹甩下这两句话,气势汹汹去了厨房煮咖啡,她到这来,反正是熟门熟路。

等她端着咖啡出来时,卓童已经穿好衣服洗完脸,坐在餐桌前了,他的指头嘀嘀哒哒弹着桌面,不以为然道:"我说你每天这么一本正经的你觉得有意思吗?!"

"没意思。"晓丹正色道,并把一杯咖啡放在卓童跟前,"我知道你的生活有意思,但你不能再这么生活下去了。我刚才说的不是气话,你身边就是没一个好人!他们整天捧着你,给你钱花,想方设法让你高兴,满足你各种各样的要求。你怎么就不想一想,他们为什么要这样做?!如果你妈妈不是海关关长,他们会这样做吗?!"

"我并没有否认我有个好妈妈,你也有个好爸爸,但这不是我们的错。"

"问题是能好多久?!没有不散的筵席!那些人不是好人,总有一天他们会把你拖垮!我问你,捧莫亿亿你花了多少钱?"

"天地良心,是她自己有潜质。"

潜质。凌晓丹这辈子再不想听到这个词:"想不到你自己编出来的谎言,连你自己都相信了。"

"是的,我承认我想帮她,可我还没想出主意来,她已经开始红了。"

"那就更可怕!你能不能清醒一点,不要再给那些别有用心的人制造机会了。"

"晓丹,我知道你喜欢我,我也喜欢你,但这不是爱。可能是我们太熟了,我找不到那感觉,就是亿亿给我的那种感觉。我想起来了,我昨晚去看她拍戏了,不好玩,一点也不好玩,我后来就走了,我可没有那个耐心,给朱曼俏布光就布了两个小时。我去了'呆吧',一帮朋友全是搞艺术的,胡侃,真他妈过瘾!"

"你别以为我是在计较,在吃醋,你小看我了,我不是那种人。我只是想提醒你,你走得太远了。别相信那间漂亮的办公室,水中花镜中月,那不是真的。你用的钱那就是你欠的债,总有一天要还,一分一厘也赖不掉!再不做点正经事,你记住我的话,现在就是你最后的狂欢!"

卓童用鼻子哼了一声："在你们眼里，我能干什么正经事?!"

"我已经替你打算好了。"凌晓丹有备而来，拿出包里的文件，又把椅子往卓童跟前拉了拉，看样子她很想说服他，"你听说过溪流岛吗？"

"当然听说过，离市里两百多公里，四面环水，风光秀丽。"

"对。"晓丹打开文件夹，指着溪流岛的平面图，两眼放光道，"现在有一个台湾的商人想开发这个岛，把它变成一流的水上俱乐部，他在寻找合作伙伴，不是资金的问题，而是他怕与政府官员打交道，当然也害怕被骗。我想，我们俩是他的最佳选择。"

"我们俩？"

"我可以拿出钱来，但是你也要拿，否则你就不可能负责任。我们各占一部分股份，把这件事情做成。"晓丹真的是这么想的，但她未必是想为自己创造更多的财富，要找钱，她手上有的是机会，美国有人来洽谈电子商务方面的合作项目，新西兰也有一个环球教育交流中心的项目，与其合作可以带来可观的利润，她已经闻到了钱的腥味。而开发溪流岛却不那么简单，那里只留下了若干开发者失败的记录，原由种种。

那她为什么还要冒这个险呢?!

她想了很长时间，认定只有这件事可以转移卓童的注意力，而且他也太需要做一件具体的事培养务实的能力,同时摆脱掉那些打他主意的人的无休止的纠缠。当然他对莫亿亿的热度也会降下来。

只是卓童只肯干他有兴趣的事,这也是她挑选溪流岛重要的条件之一,那儿是世外桃源,容易让人流连忘返,以卓童自由浪漫的性格,他一定会喜欢那里。

"当个岛主也不错。"晓丹说道。

"岛主?"卓童的眼睛开始放光,有了些许的向往。

晓丹抓住这个机会,侃侃而谈:"台湾人看中的是商机,因为溪流岛的附近有水下温泉,把它成功地开发出来,形成一个泉中泉,完全按照日本的三温暖布局和修建,面向中高层消费者,但他不可能留在岛上管理,岛主就一定是你。我们再开发一些文化项目,如茶艺室、素食馆,还有一些文人墨客喜欢的古乐齐鸣音乐堂。溪流岛上还有一个著名的孔雀园,里面有几十只孔雀,漂亮极了,现在是一户农民在岛上喂养。"

卓童一向耳朵根子软,哪经得起这一通扇乎,早就神思悠远,睡意全无了,一双乌黑水湿的秀目看上去非常动人:"瞧你说得天上没有,地下无双,我倒要去会会这个溪流岛,看它是不是能收住我的心。"

卓童刚一站起来,来福不知从哪里冒了出来,它站在他面前,嘴里叼着它外出时才用的真皮项圈狗带。

晓丹吃惊道:"它能听懂我们的话?!"

卓童道:"你不知它有多聪明。"

七

日子和日子是一样的，翻开我们的报纸，不难得出天下大乱的印象，但似乎每个人又觉得每一天不仅平淡无奇而且琐碎重复，简直让人闷毙了。

其实，生活中永远暗流涌动。

W市一直有一桩大的枪案未破，这始终是凌向权的一块心病。幸亏消息一直封锁得很好，没有泄露给媒体，否则他的压力不堪设想。

怕什么就来什么，这也是生活的铁律。前些天，一起惊天血案震动了全市。

这是一个周末，下午六点零六分，街道上人来人往，大多是神色匆匆、倦鸟知返的上班一族。某银行支行分理处像往常一样，正准备关门，两名女出纳员已锁好装现金的箱子，即将送上运钞车。这家银行是该地区分行十七个营业网点运钞车最后到达的一站，满载数百万现金的运钞车按照银行安全保卫规范，准时将车停在分理处门前的人行道上，两名荷枪实弹的经警在车的一头一尾端枪肃立。两名接钞出纳员打开了车门，司机也关好了车的电门钥匙准备下车，似乎一切都有条不紊。

突然，四名蒙面歹徒手持"五四"式手枪犹如天降，没有人看清他们是从哪个方向快速冲来，以一对一的方式用枪顶住经警戴着钢盔的头部，开枪将他们击倒，其中一个歹徒还抢走了中弹倒地的经警的微型冲锋枪和子弹；这时，另一个歹徒已将跨入营业厅的两名接钞出纳员开枪打死，目睹了这一切的柜台内的女出纳员急忙躲进柜下，按响了警铃；在铃声大作的情况下，歹徒只抢了柜台上的现金箱，并在逃跑时枪杀过路群众七人。

十一条人命，血光冲天，现场惨不忍睹。

几乎是在同一时间，全市的媒体云集现场，记者抢发消息，电视台做了现场播报，并向观众许诺将追踪报道这一事件。

当天晚上，此案上了中央电视台的新闻联播。震惊和愤怒的人们强烈要求严惩凶手，确保人民生命财产的安全。

弹道检验出来了，歹徒用的枪正是未破的枪案里的那批枪。凌向权知道这是连环案，他被推到了前台，这个案破也得破，不破也得破。果然，省市有关领导都在过问此案，公安部来了一个处长督战。他对凌向权说，公安部的领导已立了军令状，这个案子破不了，部长就带头辞职，你可不要叫我回不去啊。

在公安战线工作多年，凌向权还是相当敬业的，也有着丰富的工作经验。他对北京来的处长说，你留在总指挥所，我下到专案组去，我就不信拿不下这个案子来。

经过缜密的现场侦查，以及目击者提供的线索，凌向权带领专案组迅速制订出侦查方案，八个小时过去了，十八个小时过去了，四十八个小时过去了，案件的侦破工作在艰难地推进。终于，七十多个小时之后，先后有六名犯罪嫌疑人被擒获。

只是主犯仍旧在逃。

交差是说得过去了，但是凌向权不肯罢休，他觉得银行抢劫案虽然告破，但枪案未破，主犯在逃，这始终都是隐患。他遍布线人，得知主犯去了海南，便亲自带领追捕小组连夜赶赴海口。也就是在海口的一个花园小区内，主犯用枪胁迫人质跟警方对峙了五个多小时，最终被凌向权制服，成功解救了人质。

小区内有住户用掌中宝拍下了还段宝贵的记录，镜头虽然并不清晰，同时一直在晃动，但仍可以看到当主犯要求凌向权放下手中的枪走过来的时候，有刑警想代替他，但主犯高喊叫那个当官的自己过来！他直觉这个人要比一个小女孩人质的分量重得多，凌向权便赤手空拳迎着上膛的手枪走了过去。

他的胆略吓住了歹徒，歹徒的声音在颤抖："你不要过来！你站住！"他的枪口直顶小女孩的太阳穴，小女孩吓得脸色惨白，都不会哭了。

"你算什么英雄好汉？！你没有孩子吗？！"

"你给我闭嘴！"

"我知道你走上这条路是出于不得已的原因，但是任何时候回头都不晚。"

"太晚了，那么多条人命，你们不会放过我！"

"你也是有点江湖地位的人，既然是道上人，就该敢作敢当。拿个孩子垫背,不是授人以笑柄吗?!"

"他妈的我死都死了,还管别人笑不笑?!"

"死也可以死得体面,你现在这副残忍的样子,会被记者写在报纸上,会通过广播电视被所有的人知道,你让你的家人还怎么抬着头做人?!你让你的孩子还怎么回忆起你生前的样子?!"

歹徒突然号啕大哭,"唰"地一下把枪对准凌向权的胸口:"你他妈的少废话!我要的车呢?为什么现在还没来?!"

"我给你调了一辆三菱吉普,正在路上。"

"我就要你的警车!"

"可以,但是油不够了。"

"你以为我会上你的当?!把车开过来!"

凌向权让自己的人让开,并让人把车开到指定的位置,将车钥匙扔给歹徒。

所有的拖延都是有意义的,就在歹徒弯腰捡钥匙的一瞬间,早已从后面悄悄包抄上去并且一直在等待时机的公安干警闪电般地扑了上去。

主犯落网,枪案也随之告破。在主犯的情妇家里,公安干警搜出手枪十支,微型冲锋枪两支,子弹一千多发,手雷三枚,消声器两个,五连发来福枪十六支,子弹一千八百余发,还有作案用的蒙面套、假发、橇棍、假身份证、假警官证等,另有银行存单数张。

凌向权发现,以往查获的枪械大都是改造枪械,但这一次却是制式枪械，无疑是境外走私进来的，其中不仅有美国名牌史密斯·韦森，还有意大利制造的伯莱塔手枪。

这一次，上级领导将为凌向权所领导的警队请功。

他不怕死的镜头经过电视台的编排，出现在电视屏幕上，引起了无数观众对英雄的崇敬。凌向权在接受记者采访时说，这实在没有什么好渲染的，我只是在其位，谋其政。

不管你愿意不愿意相信，这就是凌向权。也就是在一个多月前，他还亲自为高锦林手上的九十八辆走私车特批办理了《罚没证》，这无疑是拿国库的钱送给高锦林。当然，高锦林手上有中央某部的批文，凌向权也在局领导班子的会上讲明了情况，并对这件事进行了集体研究。所有这一切做法都让人无话可说。

奉献和腐败在凌向权的身上水乳交融，就连他自己也说不清这是一种什么状态。庆功宴上，饭店老板没有按照菜谱上菜，而是自作主张上了一只八斤八两重的龙虾刺身。按照惯例，凌向权是一定让其撤走，上他点的莲藕煲、红烧肉之类，但这回有人斗胆说，凌局，让我们腐败一次吧！大伙知道他高兴，也跟着起哄，我们可以在奉献中腐败，在腐败中奉献嘛！这话让凌向权自己都愣了一下。

等他反应过来，龙虾刺身至少下去了一半。

当然他也不是一枝独秀，这段时间，杜党生也是媒体的座上宾。

就在凌向权出生入死的时候，杜党生也没闲着，她的下属海关调查处和走私犯罪侦查分局一道，成功的破获了一起案值超过三亿人民币的国际名表走私团伙案，一举抓获犯罪嫌疑人八名，查扣价值二千二百五十万元的"欧米茄"金表、德国"万宝龙"名表共八百块及其他走私货物一批，偷逃税款共计一点二四亿元。

据查，这个走私集团的总公司是在香港注册的，但货源进入澳门十分容易，他们在那里把手表的外包装和说明书剔除，拆下表链，用卫生纸包好再缠上橡皮筋，装进手提袋后塞进车后厢里的工具箱或者随车冰箱内，通过挂有两地直通车牌的神秘轿车，频繁带入境内。而该公司在大陆各地共有四个办事处，分别负责组装、另行配上包装盒和说明书，进货、报关、转运、销售，理财、套汇、虚开增值税发票，基本形成了一条龙的走私网络。他们的代销网点遍及全国十九个省市，占品牌在中国内地市场份额的百分之三十五，严重影响了名表流通领域里的正常、合法的交易。

电视上眉清目秀的播音员介绍说，该案案值巨大，偷逃税额惊人，作案时间跨度大，作案手法狡猾，涉案人员复杂，故侦查、取证难度相当大，是迄今为止全国最大的一宗名表走私案。

杜党生是在她的办公室里接受记者采访的，显然，她对自己的下属非常满意，眼角眉梢还挂着胜利的喜悦。她说了一些冠冕堂皇的话,这是很可以理解的。最后她话锋一转道:"在这里,我要奉劝所有的走私分子,你们不要以身试法!"

高锦林在他的私人别墅里收看了电视节目,尽管他认为自己已经修炼得荣辱不惊了,但还是忍不住把手中的一杯水泼在了杜党生的脸上。

杜党生虽然一脸水花,但笑得还是十分灿烂。

名表是高锦林的,幸亏他们没有抓到香港方面的人,所以他不会暴露。他心痛的除了钱之外,还有就是苦心经营、日益兴隆的生意。这样一套完整的毒蜘蛛一般的营销网络,可以说每时每刻都在通过"地下钱庄"将真金白银源源不断地输入他在境外的户头。他花费了多少心血?这可不是一朝一夕的事。

为什么冉洞庭一点消息都没透露给他?否则他也不至于输得鸡毛鸭血,元气大伤。

高锦林叫来身边的人,叫他们分别给被捕的八个人的家里送钱:"手面大一点,别那么小家子气。"

"大哥,我们已经亏了那么多。"

"所以才不在乎这一点点,他们做得也不容易,进去了就不会轻判,谁也不愿意妻离子散对不对?!有钱多少是个安慰。"

"大哥我跟定你了。"身边的人说完这句话,面无表情地转身出去了。

在这一方面,高锦林的确是有情有义。有人说,以高锦林的能力和气度，叫他跟上官器换个出身，早就是混成领导了，但是上官器就不一定，没准还在摩托艇上跑码头呢。

爱心驿站不能说是鸟枪换炮了，但也称得上面目一新。把拖欠的租金还上之后，站里也进行了清理和重新装修，尤其是大门口，原先就像废品收购站，现在把圆铁皮上的红油漆字牌摘了下来，换上了白底黑字的木牌。

站里每天都有新闻，譬如某明星狗"德国黑背"咬人，关禁闭三天，令其反省。某官员的夫人在小动物保护协会领导的陪同下，参观了爱心驿站，领养了一条流浪狗。据悉，市里为了限制居民养狗，狗牌将进一步提价，从原来的一万元再增加四千，估计狗牌令发布之后流浪狗增多现象将重演。某歌星的"京巴"因剪指甲感染，患败血症死亡，该歌星声泪俱下地写了一篇悼文，自费买版面登在当天的晚报上，同时，最近全城传唱的该歌星的打榜歌《雪妮，我不能没有你》就是为京巴度身订做，并非是献给他的前任女友，等等。

今天的新闻是，莫眉收到一封日本来信。

她怎么会收到日本来信呢？大伙对这件事都充满了兴趣。有人说，我不知多少年没收到过信了，现在谁还写信啊，一个电话搞掂。又有人说，可能是情书吧，表达爱情的方式还是越古老越好，打电话说一句我爱你，真太没劲了。还有人说，都是老女人，为什么莫眉就那么丰富多彩,第二春都是国际化的,你看看我们,连孩子们都不把我们放在眼里,报上说有百分之三十六的中学生不爱他们的母亲,嫌她们粗俗,没有情调。

这时的莫眉正拿着橡皮水管给狗洗澡,她穿着水靴,扎着围裙干得水花飞溅。

爱心驿站又来了两条流浪狗,分别叫"阿扁"和"秀莲",因为狗主性格霸道古怪,家人已经四散,只剩他一个人,仍与邻里关系恶劣,稍有纠纷,便放狗出来咬人,但他狗证狗牌齐全,又奈何不了他。前不久,此人与某房产公司发生口角,便放狗到公司办公室内,终于以破坏治安等罪名被警方拘捕,经查实,他还涉嫌其他疑案,一时不能出狱。没有邻里肯收留他的两条狗,便只有移交给爱心驿站。

阿扁和秀莲的嘴被狗罩套住,莫眉在给它们洗澡,洗完之后将放在"不宜领养"处的狗栏里,从此结束狗仗人势的生活。

有人表情暧昧地把信递给莫眉,她湿着手,让人把信塞进她的口袋里,来人郑重其事地说,日本来的。莫眉笑道:"别逗了,还山本五十六写的呢。"

还真是一封日本来信。莫眉给阿扁和秀莲洗完澡,这才坐在院子里的石凳上,她很纳闷,信封上的字迹工整、端庄,却是她完全陌生的。她把信打开。

信是彭树寄来的,他说他在日本讲学三个月,是日方某大学出资邀请的。

他住的地方是一座独门独院的木屋，除去工作的时间之外，只有一个打扫卫生的老头陪伴着他，而且那是一个面带微笑但是不爱说话的老头。彭树说，生活是变得简单和宁静了，似乎就是他梦寐以求的境界，但他还是希望每当夜幕降临的时候，他能够在台灯柔和的光线下读信，他并不是无信可读，尽管他翻译的作品不那么风靡和叫座，但他仍然能够收到零星的读者来信。他说他希望这些信中会有莫眉写来的一封，就像平常聊天那样说说琐事，也是他在异国他乡的怅惘中的一份化解和慰藉。

信写得非常好，语气平静、安详，又让人有所领悟。

但莫眉无论如何想不到彭树会给她来信，他们自认识之后，没有过任何形式的单独相处，甚至没有通过一个电话。她偶尔想到彭树，也是因为他曾经多次看过她的演出，这对她孤寂和惆怅已久的内心，多少是一种安抚。

许多年之后，莫眉的眼前都会出现这样一幅图画，她坐在郊区院落的一张石凳上，读着千里之外的来信。秋天的风吹拂着她的脸，随之而起的几缕飘发让她觉得额头痒痒的，她只是低着头，细细地品味着那些让她安静下来的文字，远山如黛。人生总会有一些特殊的时刻，你做了在常态下也许根本不会做的事，于是开始了一个故事。如果彭树没有去日本，那就没有树叶飘零，每天都得清扫的小院，也就没有排遣不掉的期许和愁思，那他还会给她写信吗？他们之间还会有痛彻肝肠、缠绵悱恻的情缘吗？

信上真的没写什么，但在莫眉的心里却是一件事。并不是她会像年轻时那么容易点燃，也不是彭树果真让她心动，而是她对于情感的那种执着的想往，她的心灵干涸得太久了。

按照原定计划，莫眉下班之后去了一家大型商场，想买一身好点的时装。因为"慈善星辉爱心夜"晚会的日子终于定下来了，到时嘉宾林立，美女如云，她总不能还是乡村女教师的打扮，何况她还是主办单位的人。

商场里面有无数的镜子，这让她常常走神儿，她会不自觉地挑剔自己这张脸。拉皮之类的想法也会在她的脑海里一闪而过。莫眉觉得不光是她，做女人的都很悲哀，人家什么也没说，你自己就开始不自信了，开始厌恶自己不再年轻的容颜。她又一次想到彭树，想到日本来信，难道镜子里这个眼圈发黑的女人就是他心目中的偶像吗？！

转了好长时间，莫眉一无所获。有时她从试衣室出来，知道衣服的效果不错，可是太贵了，她真买不下手，再说她也没那么宽裕。她知道服务员不高兴，都什么年纪了，还在这儿过干瘾，没钱该干什么就干什么去，凑什么热闹啊。她们的脸上写的都是这一类的意思，她们还年轻，不知道做人的艰辛，尤其是曾经漂亮过的女人。

太便宜的东西就是不像样子,什么叫眼高手低?就是莫眉在商场里的真实写照。那些大减价的柜台,挤满了与她年龄相仿的人,她不想混同于她们,那就什么也买不着。

她感到两腿发酸,肚子也有点饿了,但由于亿亿拍戏总是不在家,她也没心思一本正经地做饭,都是随便凑合一下。路过麦当劳,那也是年轻人的天下,这个世界是他们的,如果你不想被人感到落伍、心灵老化,那就学会去欣赏他们吧。她只好进了一间茶餐室,叫了一份叉烧饭,吃了一半,剩下的一半打包,准备拿回家给大黄吃。

没钱的生活就是这么单调。

她打开家里的门,意外地发现家里灯火通明,亿亿在厨房泡碗面,看见她手里的剩饭盒,打开就吃,大黄眼巴巴地看着亿亿。

"你怎么有空回来了?"莫眉有些惊喜。

"抽空回来看看你啊。"

"何必呢,你的时间表排得水都泼不进去。"

亿亿笑笑,她最近的表现很努力。电视剧中的角色,她是一个另类的任性女孩,或许这就是演她自己,她显得得心应手,浑身充满青涩的霸气和残酷的美艳。探班的娱记都一致认为她将蹿红,朱曼俏也深感她不是等闲之辈。

亿亿夹一块叉烧给大黄吃:"妈你还是帮我把碗面泡

了吧。"

"小心长肥啊。"但莫眉还是动手泡面,"干你们这行,瘦就是本钱啊。"

"妈,你找到星妈的感觉了?"亿亿笑道。

"谁不想啊,得有这个福气才行。"莫眉帮女儿泡好面,便去自己的房间换衣服。她突然尖叫了一声,原来打开灯的一瞬间,她发现床上放着一套芬迪的时装,它们完全摊开着,就像一个无形的美人软软地躺在她的白被单上。永恒的黑色,极其精细的质地和手工,样式也相当简约,可以说无可挑剔。

亿亿端着碗面走进来:"满意吗?我自己都没舍得买,我花了身上所有的钱。"

"那晚会上你穿什么?"

"我随便,你不是说年轻就是美吗?!"

"你可以穿阿玛尼。"

"那件衣服我准备参加晚会的拍卖,无论多少钱都放在慈善基金里,我知道你一直想给爱心驿站建立一个基金会。不管它有没有意义,但这是你的心愿。"

莫眉感到鼻子发酸,她的女儿的确是长大了,懂得并且了解她的心。她曾被无数的人误解过,而且误解仍在继续,他们说因为她不幸福,情感世界长期空白,所以才会对猫呀狗呀的感兴趣,就像英国的老处女每人都有一只猫那样。无论是什么原因,总之她理解动物的孤独,当它们被遗弃的时候,她觉得人和动物的内心是没有区别的。当然，每个人的志向都离不开自己的个人经历，但这不该成为被人取笑的理由吧?!

所以她从内心里感谢卓童，她也完全同意了女儿的选择，剧虎能帮她做什么呢？对站里的狗耐心一点而已。他是一个好人，可是在这个世界上你仅仅是个好人又有什么用呢?! 她已经很长时间没到宠物医院去了，一定要去的事她总是请人代劳。见到剧虎她说什么？难道说祝你一生平安?!

"亿亿，我真的是太爱你了，你知道我跑了一晚上却一无所获。"

"我知道你很在意这个，你们那一代人都很在意在别人心目中的形象。"

"卓童一定认为你疯了。"

"是他让我这么做的，他说你一定会很开心。"

这话让莫眉无比感动，有些事情，你怎么去拒绝呢？她低声说道："我不仅开心，而且颇感安慰。" 她再一次在心里对剧虎表示十二分的抱歉。

W市出现了禽流感，日前，卫生局宣布又有两名幼童因禽流感入院，其中一例不治身亡。据称，禽流感是因为鸡感染了H5N1病毒，从而传染给人类的。

几乎是一夜之间，全市人民都不吃鸡了，特别爱吃鸡的人便以乳鸽代替。接下来的政府行为是杀鸡行动计划，将有无数的鸡被不计成本地屠宰干净。国营鸡场和个体鸡档老板怨声载道,愤怒异常,他们联合在一起,在市政府的门口静坐,拉出横幅:"还鸡以公道!""誓与家鸡同生死、共患难!"

一些媒体唯恐天下不乱,立刻为鸡开出版面,有知识分子同情鸡商,写出《人流感都会死,何况鸡乎?!》的文章;也有人赞扬政府英明决策,不愧是老百姓的父母官,就是要杀杀杀,"禽流感会死人,不吃鸡难道会死吗?!"这是一部分人的论点;一时间人们各抒己见,莫衷一是。

市领导为此连续开了几天会,终于统一了思想,统一了认识,那就是在改革开放深入发展的今天,市里的工作千头万绪等着我们去抓,而推动城市发展的直接动力是政治和经济的力量,决不能为了几只鸡就自乱阵脚。目前最重要的是安定团结,所以要大事化小,小事化了,最大限度地安全解决"禽流感事件"。

流感病毒都已存在了上百年,为什么对待家鸡要赶尽杀绝?!

市政府决定,"宁可错杀三千,也不漏网一鸡"的做法有些偏激,将格杀勿论改成抽样检查,同时,为了挽回全市人民吃鸡的信心,而不是闻鸡色变,制造混乱,市里将大摆"百鸡宴",组织官员吃鸡,谁也不许请假。

以往这种事,杜党生都是带着冉洞庭去参加的,这也是联络感情的一个盛会,老友新朋到得很全,因为吃不吃是一回事，但是到不到却是一个态度问题。

但是这一回，杜党生决定带调查处的处长霍朗民去吃鸡。通过名表走私案，杜党生开始注意小霍了，在这之前，杜党生根本没感觉他的存在，这个人其貌不扬，看上去也不如冉洞庭精明，而且不爱说话，但他是一个有原则、很正派的年轻人，名表走私案办得相当漂亮，杜党生在大会小会上表扬霍朗民。

她对冉洞庭是彻底地失望了。尽管上一次她心软了，没有叫冉洞庭去扶贫团，但是冉洞庭并没有丝毫痛改前非的迹象。前段时间，他说上官器的公司要过一批货，理由倒也充分，而且，上官是省里的领导，确实是个廉洁的干部，这点面子还是要给的。她办公室的抽屉里有成千上万的批条，有些条子简直叫她为难透顶。海关又不是国务院，有些事你敢不办，就立刻下课；办了，杜党生知道，那就是秋后算账，过段时间下课，就这么回事。

当官不容易，人前风光，人后是无数烦心的事"才下眉头，又上心头"。有时候，杜党生会一个人在办公楼的天台上来回漫步，不是那儿有什么主意，只是为了缓解自身压力的一个办法。总得给自己多留几条路吧。

她批了上官器公司的货无论查到哪一步都停下来免查通关。当天晚上，海关码头进口货物仓场的警卫打来一个电话，说有一个海关人员要带七个货柜车走，这个人的证件上的名字叫冉洞庭，他说是你批准叫拉走的，我不放心，特意打电话核实一下。杜党生叫冉洞庭听电话，查实确实是上官器公司的货，就叫警卫放行了。事后，她想来想去总觉得不对劲，便叫霍朗民暗中调查这件事。

后来，霍朗民向杜党生报告，这七个货柜箱有三个是上官器的公司的，另外七个是另一家代理公司的移动通讯设备。霍朗民说，这种打着关长旗号，夹塞私货的事并不止这一件。而且他说，以往调查处向冉洞庭汇报的事，他都会有选择性地压下来，最后不了了之。名表走私案是他决定暂不汇报，才得以一查到底。

"你为什么不直接向我汇报呢？"杜党生非常严肃地说，"我们都是共产党员。"

"我觉得你们的关系……而且大伙都知道……我们也看过你和他母亲还有他在一起拍的照片。"

杜党生并没有解释什么，她只是诚恳地说："小霍，你做得很对。"

既然苦口婆心都没有用，杜党生决定冷藏冉洞庭，在她还没有培养起自己的亲信之前，她不会简单化地处理这个问题。

中午，冉洞庭到食堂去吃饭，碰上办公室主任，他大惊小怪道："咦，你怎么还在这里？不是去吃百鸡宴了吗？"

冉洞庭本来就为失宠不开心，听他这么一说，不快道："也不知是谁的馊主意，如果欧洲的疯牛病传到中国来，难道还要吃百牛宴不成？！真不知道是鸡有病还是人有病！"

"需要吃还是得吃呀，而且这个鸡谁不想去吃啊？！"这个人酸溜溜地说，显然是话中有话。

冉洞庭没说话，冷着脸打完饭，回办公室去了。

他想不到到底是为了什么事，杜党生会对他越来越冷淡，话也越来越少。以往，碰上杜党生不高兴的事，她就会冲到他的办公室，把他没头没脑地臭骂一顿。这其实是一种亲情，是恨铁不成钢。但是现在，她严厉之余，还有一点客气。更为明显的是，她对霍朗民格外看中，看到他就笑眯眯的，而且小霍长小霍短。有些霍朗民不应该参加的会议，她也说叫小霍来听听会，也听听他的意见。

前段时间，他的确多走了四个货柜箱，那是高锦林的货，这是只有天知地知的事，杜党生不会管这么细，以往她也不可能管这么细。他并不是那种什么人的钱都敢拿的人，有的人想买动他的心比登天还难，他绝不会拿自己的前途开玩笑。但是他认准了高锦林，他手眼通天，一定不会出事，最近他答应给他办一个去香港的单程证，虽然香港已经回归了，但仍旧是自由港，到了那里，再往哪儿去都不是问题。据他所知，有一次高锦林手上就有数十张这种价值不菲的单程证，简直跟扑克牌一样，连公安局都有人掉过头来求他。

最终他觉得这是霍朗民精心策划的，霍朗民这个人有野心，本来调查处属于他分管，以往霍朗民也是事事汇报，但是这一回的名表案，他跟他提都没提一句，却在暗中调查得热火朝天。这件事不仅叫他在高锦林面前面子全无，杜党生那里，也是一件再讨好不过的事。

在他的印象中，霍朗民并不是一个刚直不阿的人。高锦林年年春节给海关的要员派红包，他还不是"袋袋平安"，也没见他上交。怎么就突然调查起名表案了?!就算他不知道这件事跟高老板有关，但这么巨额的案子也该想想来头，如果他不是有野心，想当官想疯了的人，他怎么就敢当这个孤胆英雄?!

冉洞庭一口饭也没吃，在心里跟霍朗民较劲儿，想起刚才杜党生带着小霍有说有笑地从他的办公室经过，心里就不是个滋味。他完全可以想象得到，在百鸡宴上，杜关长一定会把霍朗民隆重推出，介绍给与她关系比较近的官员，就像当年介绍他那样，令他在这个圈子里有了一席之地。现在，他觉得自己已经羽翼丰满，在海关的地位也不会轻易动摇和改变，毕竟，他是杜党生的人。在官场上，犯不犯错误并不重要，重要的是不能站错队，否则，清贫和累死都是白搭。

在海关，杜党生是一个铁腕人物，基本上是一言堂。所以她欣赏谁那就太重要了，谁能想到看似极其稳定的格局里又杀出一匹黑马呢?!冉洞庭从来也没想过自己的位置会被别人取而代之。

电话铃陡然响了起来，冉洞庭愣了一下，思路断了。

是卓晴打来的电话,她说要为几件事好好答谢他,一定要晚上一块吃饭。冉洞庭爽快地答应了。

他是一个正常的男人,当然接收得到卓晴抛过来的似是而非的想与之亲近的信号,但他统统回避了,用什么方式并不重要,关键是他始终守住与她之间的距离。首先是他根本就没看上卓晴,她自以为很美,什么黑牡丹?在他眼里简直就是茶叶蛋上开眉开眼,干瘪瘪的像个僵尸,晚上不做噩梦才怪。再说她嗜钱如命,女人看钱看得那么紧要有什么好?她替她妈妈想过吗?她可真是找到机会大捞特捞。杜党生反复交代他要替卓晴把住关,报关公司无非赚点服务费,她可倒好,甩开膀子干。当然这给他制造了很多机会,不过那是另一回事。

退一步说,就算她贤淑美丽,可她是杜党生的女儿,像他这种有家室的人,再去搞三搞四不是找死吗?杜党生会为这种事废了他,这又是何必?!

所以他想来想去,还是装傻充愣比较好。高攀固然是一条路,但也有负面的代价,那就是忍,杜党生已经是伴君如伴虎了,再加上那个茶叶蛋,叫他怎么忍?!而他只要醒目点,多挣点钱,什么样的女人找不到?他为什么要去夜总会?他对那里的"鸡"并无兴趣,可是他很扬眉吐气啊,可以没有负担地接受她们的跪式服务,在她们面前威风凛凛,这种感觉实在太好了。他平时要听杜党生的,看她的脸色,揣摸她的心思和好恶,为了钱,又不得不做高锦林的大马仔,高锦林表面上客客气气，实际上叫他办的事毫无商量的余地。如果再背上一个找靠山的名，他岂不是一辈子都得过这种低眉顺眼的日子?!

可是现在情况变了，杜党生甚至不愿意多看他一眼，更不要说像从前那样信任他了，这让他的心理严重失衡。很多时候，第一反应是十分正确的，他为什么突然愿意吃卓晴的饭了？如果他跟卓晴的关系不一般，杜党生还会弃他如敝屣吗?!

白色的衣裙，白色的鞋袜，双肩上飞起天使的翅膀，手捧白色的歌谱，童声合唱《你是我心中的一片细雨》，拉开了慈善晚会的序幕。

这里是演出规格最高的雅格文化中心，素色的装饰，完全没有金碧辉煌的暴发户习气。灯光相当讲究，不仅让人眼睛舒服，同时还起到了稳定情绪的作用。来宾看上去不光是穿戴整洁，重要的是还很有教养。

这正是莫眉所期望的，她太在意这个晚会了，昨天晚上一直睡不着，睡着了之后，凌晨四点又醒来，一种莫名的焦虑困扰着她，她总是担心晚会会出现什么差错。她来回地想了很多细节，想到可能发生的问题。中午，她就昏昏沉沉地去了会场，头上还戴着一个淡粉色的卷发器，完全不记得出门前拿下来。站里的人都提前去了，在那儿张罗，见到她笑弯了腰，你是我们站的门面，可不要让我们丢脸啊。

晚会开幕前的两个小时，莫眉实在太累了，而且发现自己面容憔悴，这个样子就是穿上戴妃的衣服也像是偷来的。所以她独自一人去了会客室，在后排的沙发上躺下来，想好好歇一会儿，养养神。

她还有一个朗诵的节目，她想象着自己容光焕发地站在台上，迎得了满堂彩。

似乎是刚要睡着，会客室的门便被推开了，一大伙人簇拥着一个著名歌星走进来。他们争吵得非常厉害，大意是歌星要提高出场费，但是策划公司不同意。

歌星说，那没有问题，我不唱就是了。

策划公司的人说，你不唱，我们也来不及再找其他歌手了，你这不是坑我们吗？

那不关我事，你们的开价也太低了，打发要饭的啊？！

这本来就是慈善演出嘛，又不是商业演出。

到底是什么性质的演出，你们自己心里明白。我也是刚才才听说，这个晚会并不像你们说得那么单纯，是有大老板幕后操纵的。

那又怎么样呢？你签了约你就得唱。

莫眉早已睡意全无，她"腾"的一下坐起来，但并没有人注意她。她想，不管年轻人爱不爱听，她要以一个老文艺工作者的身份教育他做人立品，坚守艺德。她走上前去，她说，小伙子，如果你罢演慈善晚会的消息登在报纸上，那你多年打造的健康形象会在歌迷心中突然坍塌，你愿意付出这样的代价吗？！

你在威胁我？你是谁？歌星冲莫眉来了，脸上凶巴巴的。

我也曾经是一个文艺工作者，也曾经很受观众的欢迎……

那太好了，你可以上去唱《喀秋莎》，现在怀旧是一种潮流。反正我不唱！你看看这里的架式，像慈善演出吗？像是给流浪狗讨几个饭钱吗？我来给你们撑场子，挣来的钱有几个能落在狗身上？骗鬼去吧！

策划公司的人又急了，那也不能因为我们策划得好，你就坐地起价啊！

你们策划得好？没钱你策划个屁！这个晚会的性质早就变了，什么慈善演出，根本就是名人政要的交际场，我坐地起价非常合理，否则连你们都会笑我是傻瓜！

会客室陡然静了下来，刚才的一通舌战已经吵翻了天，几乎要掀了房顶。莫眉也不知发生了什么事，只见一个个子不高但颇有气势的男人走了进来，身后跟着几个剑眉星目的年轻人，看上去不仅精明能干，且有几分书卷气。

这一干人是清一色的藏蓝色西服，皮鞋擦得锃亮，显然是极其正式的装束。

谁要罢演？他说。有人给他指了指歌星。他并没有抬高嗓音，把预付款放下，滚蛋。

歌星简直傻了，根本没想到会出现这样的局面。

莫眉沉不住气了，她急忙说，那怎么行呢？我们都不要意气用事好不好？

来人没有表情地问她，请问谁是主办单位？

莫眉看着策划公司的人，策划公司的人底气十足地说，东泽国际。

来人身后的年轻人说，这是我们东泽国际的老总。策划公司的人"啊"了一声，像是见到了外星人，哈着腰连叫了几声高老板。

高锦林看了莫眉一眼，意思是那我说话还不算数吗？当然他什么也没说，而只是看了她一眼。他对歌星说道，你以为你是天皇巨星？不就鼻屎那么大吗？！我告诉你请你是给你脸，你不要脸那就请便。高锦林叫手下的人给某大牌歌星打电话。他说，你叫他飞过来给我补场子，我送他一辆奔驰。

会客室里安静极了，只有手机按号的声音。

策划公司的人斗胆说了一句，从北京飞过来要两个半小时呢。

高锦林镇定自若道，他现在在海南演出，飞过来就四十分钟。

同为圈子里的人，歌星当然知道大牌歌星的行踪，他相信了高锦林这个长得像农民一样的人来头不小。他急忙说，高老板，别麻烦了，是我自己不懂事，我不仅要唱，而且一定会唱好。

你确定吗？高锦林问道。这时，大牌歌星的电话已经通了，高锦林说，我在这边搞个活动，你要有空就过来玩玩。又寒暄了几句收了线。

歌星的脸色像青红萝卜,一直在说确定。高锦林道,乖一点对你没什么坏处,要不过几天的新闻就不是你罢演这么简单。不过,现在的歌手明星被杀被砍,早就不是什么新闻了。听了他的话,歌星的脸色又成了白萝卜。

罢演风波暂时停息了,人群散尽,莫眉一个人坐在会客室里,总觉得有什么地方不对劲儿,但怎么不对劲儿一时又想不具体。虽说舞台永远是社会的缩影,发生任何事情都不足为奇,但仅这个理由并不能说服她自己。这段时间,她和亿亿的生活发生了根本的变化,这变化是她梦寐以求的,但为什么让她感到那么不真实,她总觉得繁华背景的后面另有一个真实的故事,却又隐蔽得让她担心。

高锦林是大款,现在大款才是人们真正想往和追逐的偶像。他刚才看了她一眼,她只觉得这一眼冷进肝胆,冻彻骨髓,他的能量绝不仅仅是一个有钱人之所为,他是一个谜。这个人甚至让她感到可怕。

她突然有一种非常不好的预感,但还来不及细想,便听见有人大声地喊她,她慌慌张张地跑出去了。

既然是卓童参与策划的晚会,杜党生决定还是来看一看。卓童给她送来了请柬,她当时就皱着眉头说,怎么是白色的?当然还有一丝淡淡的幽香。卓童说,妈,请你拿出一点资产阶级情调来好不好?这是品位,这是艺术。

拿出来?有才行啊,我身上哪有哪怕是一丝一毫的小布尔乔亚的东西?杜党生这样想到,而且她很自豪。

她今天穿了一件深灰色的西装,枣红色的领带把她的脸衬得生气勃勃。

卓童给了她两张请柬。下午开完会,杜党生问小霍晚上有什么安排,正巧小霍也没什么特别重要的事,她便带小霍一块到晚会上来。有时闲聊可以了解许多基层的情况、群众的呼声,从下而上反映出的不少问题,这是非常必要的。而且小霍反映的情况也比较诚实,不像冉洞庭报喜不报忧,而且她知道冉洞庭有许多事瞒着她,她的直觉可以说是千真万确。

看来小霍对她还不可能彻底消除疑虑,说话谨慎,而且有选择性,有时干脆吞吞吐吐。这也难怪,冉洞庭是一个很会造势的人,再说她以前的确也太信任他了,毕竟是自己一手把他培养起来的,就是知恩图报,他又能坏到哪去呢?!人心是最不可捉摸的东西,谁想到农村出来的那个苦孩子会变成今天这个样子?!还是他从小就有心机,而她恰恰给了他发挥潜能的机遇?!谁都害怕卷进是非的旋涡,这一点不能怪小霍,小霍需要过程,而她有的是耐心。她要让他感觉到她是信任他的,同时她也在观察他,判断他值不值得信任。所以,她有事没事带着小霍并不是无意识的,她有自己的想法。

他们在大门口碰上了凌晓丹,晓丹今天穿了一条深米色的细格短裙,皱褶内是正点的朱红,所以人一走动才有隐红相伴，令她的秀腿更加迷人；她的上身是一件质地相当精良的白衬衣，领子立起，典雅中透着一股调皮。杜党生非常喜欢凌晓丹，一看就是有教养的女孩儿，内心早就赞同她与卓童的天设地造，所以每回见到晓丹都是眉开眼笑的。

他们看见卓童也穿了一身很正经的衣服站在会场的门口，虽说很雅痞，但中规中矩完全不是他的风格。晓丹道，他还是穿得随便一点显得潇洒。

很败胃口，他身边站着一个风韵犹存的黑衣女人，卓童介绍说是莫眉女士，莫亿亿的妈妈。她当然极不愿意听到亿亿这个名字，卓童怎么还没跟她断掉？这很不符合他速热速冷的性格。

她无奈地把手伸过去，手板直直的，一下也没握。让她感觉出她的冷淡吧。抛开卓童的事不说，她也不喜欢艺人，装腔作势，矫情造作得很，谁知道他们的任何举动是真的还是假的？你永远也搞不清楚他们的真面目。这种人看上去很清高，骨子里要多俗有多俗，好不容易养了一个摇钱树的女儿，不把卓童榨干才怪呢！她只要还有一口气，决不会跟这种人攀上亲家，她们根本来自不同的星球。

本来极有神采的晓丹，眼中有了些许黯然，这是逃不过杜党生眼睛的。不过她什么也没说，只是用手搂住晓丹，很亲切地在莫眉的视野中离去。

这个活动看上去策划得很成功，来了不少有身份的人,据说新闻媒体就有80多家,现在的新闻媒体也太多了,简直成了公害。

杜党生被请到了嘉宾席上,这时,她意外地看到了冉洞庭,他和卓晴在一起,两个人正谈笑风生,似有亲密关系。

其实冉洞庭早就看见杜党生了,尤其她身边的霍朗民更是让他激愤不已。当然他完全不知杜党生今天会来,这是一个太民间的活动了。就算是她为了给卓童捧场,她身边也应该是自己才对,百鸡宴带着霍朗民就算了,这么私人的活动也带着他,这算什么事嘛,也可见他们的关系在飞速发展,杜党生是越来越信任霍朗民了。有一次开党委会,霍朗民又是列席,杜党生只搓了搓手臂表示寒意,霍朗民马上跑到她的办公室给她拿来了外衣,他的举动让在场的人面面相觑。

可是杜党生很受用啊,冉洞庭心里也承认,他有些大意了,冷不防他和杜党生的关系就发生了微妙的变化。

所以他要显得跟卓晴很亲密,他要让霍朗民知道,事情没那么简单,他或许将来就是杜党生的家庭成员,情况照例还会发生微妙的变化。是的,他有老婆有孩子,但是这年头离婚还是个问题吗?只要肯给钱,什么样的婚离不掉?!

杜党生看见女儿脸上洋溢着只有恋爱中的女孩才会有的甜蜜和满足感,她时而俯在冉洞庭耳边说点什么,时而又无比娇羞地和冉洞庭打情骂俏,简直忘了这是大众场合,她这种做法显得十分轻薄。而且冉洞庭也很不像话,明明自己是有妻室的人,还这么不检点,让外人看了算怎么回事?!

晚会在顺利地进行,第一板块节目的主题是爱的奉献,全是些爱得死去活来的演唱。第二板块是别开生面的内衣秀,展示国际顶尖级的内衣品牌"深渊",当天幕慢慢地演变成果绿色的时候,一片白色的雾障腾空而起,身穿现代舞服装的舞蹈演员以极其前卫的舞姿,拉开了内衣秀的序幕,紧接着,妙龄的少男少女们以其健美和姣好的身材着贴身的内衣出场,让人感到迎面扑来的青春气息,势不可当。

在成熟性感的内衣系列里,莫眉觉得有一个男孩样子很眼熟,这些所谓成熟男子在她的眼中只能是孩子。这个男孩全身只穿一条黑色内裤,脖子上有一条耀眼的橘红色的围巾,头发被摩丝立起,黑黑湿湿的有型有款。他面无表情地在舞台上行走,目光中没有丝毫的迎合,所以才酷。

陡然,莫眉才猛醒过来,这个人是剧虎。

剧虎签约了模特儿公司,这次演出当然也是公司安排的。莫眉在后台找到了他,他穿着白色的浴衣等待出场,身边是性感内衣配男式白衬衣或牛仔装的超级美女,黑色的文胸和三角裤,足蹬黑色的战斗靴,称得上刚柔并济,也是充满时代气息的组合。只要是男人都会动心的,但剧虎显然心如止水。看见莫眉,他很平静,他说，做模特儿并不能赚到很多钱，但是机会会比兽医多一些。

他还说："你以后也不用害怕去宠物医院，反正我已经不在那儿了。"

"我没有害怕去宠物医院啊。"

"亿亿残酷，但她不虚伪。"

这犹如一巴掌扇在莫眉脸上，令她无话可说。

"你完全可以直接告诉我你同样也选择了比我有钱的人，这没什么，本来这就是一个美满爱情让穷人走开的年代。"

剧虎越是平静，莫眉的心里就越是哀伤。可是她现在就是有十张嘴，也讲不清这到底是怎么回事。

"我找你并不是要挽回什么，"剧虎继续说道，"我只是想跟你谈谈我心里的郁闷，因为只有你最清楚我对亿亿的感情有多深。其实你不愿意面对的，根本就是你自己。"

你不愿意面对的其实是你自己。这句话对莫眉来说犹如平地炸雷，十分惊心。

等她恢复了意识，剧虎已经离去，从侧幕条的地方，她看见舞台上飘起漫天的雪花，而剧虎已经闲适地走上了舞台，他的脸上仍旧没有表情，按照激情振荡、旋律分明的音乐节拍，他从容不迫地且走且停，傲然地环视着这个温文尔雅、充满爱心的秀场，抑或是这个用伪善装饰的歌舞升平的名利世界。总之，他明显地成熟和懂事了。

晚会的小高潮是高锦林邀请他来玩的著名歌星突然出现在会场，全场一片骚动。歌手的确是坐飞机而来，脸上还带着睡眠不足的疲惫，但是他热情洋溢地为观众演唱了他的成名歌曲，而且他说他将分文不取，而把全部的出场费捐给有关的慈善机构。

热爱狗吧！我也有狗！他激动地大声疾呼，人们对他的倾情仗义之举报以热烈的掌声。

莫眉也在激动，也在鼓掌，但是她的脑海里再一次不由自主地掠过高锦林漠然、冰冷的眼神。他到底是什么人呢？何以他一个电话果然就请来了这么著名的歌星，简直不可思议。他和彭卓童到底是什么关系？为什么也会对动物如此热爱？种种疑问，在她的心里忽上忽下，挥之不去。

不等这个高潮平息，真正爆棚的时刻终于到来，晚会特邀的电视台著名的名嘴主持人激情地宣布，《家族风云》剧组的主要演员刚下片场，还没来得及卸妆，就来到了晚会现场，参加慈善拍卖，所得款项也是全部捐给保护动物基金会。

以朱曼俏为首的众明星从后场过道向舞台上走去，此时简直欢声雷动，镁光灯闪成一片。朱曼俏平时很少在民间出现，对自己的行踪也是讳莫如深，因而她才成为明星中的明星，那些靠绯闻才能见报的演员听到她的名字也会自惭形秽。朱曼俏只穿了一件阴士丹布的蓝旗袍,素到了极致,但一颦一笑却是风情万种,令人无不感叹她的无穷魅力。她身边是刚开始走红的莫亿亿,也是英气逼人,她只穿一件白背心,牛仔裤是洗白、破洞,不系扣也不拉拉链自由敞开那种,这种穿法必须买比自己的尺寸小两码的裤子,只有这样它才可能在小腹呈现出V字形,露出里面的短裤也是白色,虽说这是剧中人的装束,但更是她性格的无言写照。

真他妈的棒!卓童的眼光几乎一眨不眨地盯着亿亿,他爱她,欣赏她,这就够了。这个小妖子,他平时就是这么称呼她,我的小妖子。

然而,对于亿亿的形象,杜党生差点没晕过去。这简直是妓女的打扮,也不是什么走红的名妓,靠着年轻就来野路子那种。裤子不系扣,那你还穿裤子干吗?这个晚会的基调也有问题,内衣也拿出来秀了,还有什么是不能拿出来秀的?!女孩子戴个奶罩就出来了,还故意把一对宝贝弄得活蹦乱跳的。场上的那些男人照说也是有头有脸的,看这种东西却看得眼睛嘴巴一动不动地张着,简直有失体统!

突然,她想起了晓丹,这个莫亿亿一日不消失,晓丹一日不会快活。她还是要安慰她几句才好,想到这里,杜党生忙侧过头去,但晓丹的位置上已空无一人。

场上又是一片惊呼,原来,朱曼俏在《西宫》中的戏服和三十年代上海故事中的美轮美奂的旗袍,被模特穿着一件一件地展示出来,准备拍卖。

没什么意思，买卖这些东西真不知道是谁骗谁?！杜党生冷眼看着场上莫名其妙的热潮，这真是一件令人无奈而又心酸的事。如果拍卖的是她的五一劳动奖章，人们一定嗤之以鼻，这她知道，可眼前的这些东西有什么意义呢？有什么价值呢？奇怪的却是它们备受人们推崇，这真是时代的悲哀！理想、信仰、精神可以说一文不值。从这个角度说，你很难说冉洞庭的某些时髦观念没有一点道理和群众基础。

莫亿亿出现在舞台上，她说她出道得很晚，首先是非常非常感谢对她有提携之恩的巨星朱曼俏，然后才说她只有一件名牌时装，就是身后的这件阿玛尼长裙，这是一条给她留下许多美好回忆的裙子，她希望能助慈善基金一臂之力。

这条裙子开价就是二十万，杜党生心想，这哪是什么裙子，根本就是一块布往模特身上一围，而且那是什么颜色？还说是最名贵的鼠色，尽管她对名牌时装一窍不通，但灰不溜叽的颜色让她实在不敢恭维。二十万，还是那句话，莫名其妙！

她站起身来，在明星时装热卖的情况下，离开了会场。

今晚没有带司机，是小霍开车和她一块来的。当然，她离开的时候，小霍也紧跟其后，及时地把车开出了停车场。

一路上，杜党生默默无言，小霍也很知趣地不说话，专心开车。

大概过了十分钟，这在车上就够漫长了。终于，还是霍朗民打破了沉默，他说：

"杜关，你是不是为女儿的事生气？"

"你也认识卓晴？"

"你想，她有报关公司，我会不认识吗？"

杜党生没说话，暗自叹了口气。

"其实在我看来，"霍朗民两眼望着前方，既小心翼翼开车，也小心翼翼说话，"她和冉关长……"

"叫他冉洞庭。"

"其实她和冉洞庭的关系怎么样并不重要，重要的是……"他停顿了一下。

杜党生几乎是用命令的口气说道："你说。"还横了小霍一眼。

"彭卓晴发财心切这不奇怪，但作为你的老下级，冉洞庭应该提醒她不要太过分，但我觉得，他对卓晴太纵容了，这不仅害了她，也会影响到你。"

"把你们调查处掌握的情况收集一下，明天送到我办公室去。"说完这句话，杜党生便靠在椅背上闭目养神。

车里重新安静下来，但这不是宁静，而是危机四伏时让人感到无比压抑的静。伴随沙沙作响的汽车轮子，杜党生的思绪也不知不觉地进入了时光隧道。

那是她小时候在福利院的清贫的日子，她的同伴洪炉，是她童年最美好的回忆，洪炉是个英俊的男孩子，比她大两岁，他们相处得很好。在一起上学的孩子里，她最喜欢洪炉，洪炉也很照顾她，如果她受人欺侮，洪炉一定会站出来保护她，甚至不惜跟人打架受到老师的批评。那些家长会说，真是有娘生没娘教的！她经常会为这样的话流眼泪。歧视，是刻在她童年心头最深也最痛的烙印，因此她也最感激洪炉带给她的十分有限的帮助。

生长在任何年代的孩子都是有心愿的，不管这个心愿是冰淇淋还是图画笔，而她和洪炉的心愿就是有一本学生装的《新华字典》，浅绿色的封面，里面是密密麻麻的字。老师经常会说，字典就是你们随身携带的老师，是一辈子都离不开的东西。可是对于几乎没有零花钱的福利院的孩子来说，字典的价格实在是太昂贵了。

终于有一天，洪炉的同学换了新字典，就把破烂不堪的旧字典给了洪炉，洪炉如获至宝地拿给她看。那是他们最难忘的时光之一，他们躲在堆杂物的仓库外，一块查生字，课堂上不记得的生字在字典里都能查到，这令他们激动不已。

字典太小了，他们头挨着头，几乎搂在一块。当然他们天真无邪，而唯有天真无邪的记忆才能打动越来越苍老的心。

杜党生那时很庆幸，庆幸自己黯淡的童年有洪炉跟自己一块成长。然而好景不长，相貌整齐的洪炉被一位来领养孩子的将军看中了，将军和他的新太太对洪炉十分满意，将军甚至觉得洪炉长得还有点像自己过早牺牲的唯一的儿子。

洪炉走的那天换得里外三新，他第一回穿皮鞋，黑色的小皮鞋帅气极了，一般的双亲健在的家庭也未必买得起。福利院的孩子都很羡慕洪炉，他们摸他的新衣服，盯着他脚上的皮鞋，好像看得久了就能据为己有。只有杜党生远远地站着，她略显哀伤地看着洪炉，她并不羡慕他，只是心里空落落的，像被抽空了一样，她想，她可能再也见不到洪炉了，他会过上好日子，过上那种她做梦也梦不到的好日子。

洪炉也看着她，不知为什么，他好像并不是特别的快乐。

那也是杜党生第一次看到小轿车，那时的小轿车很少，是真正身份的象征。洪炉就上了这辆小轿车，汽车开动了，孩子们都跟着汽车跑，哇啦哇啦地叫着，党生也情不自禁地奔跑起来，这时她的眼泪才流出来，随着她的奔跑在两个眼角飞。她看见洪炉趴在车后窗的玻璃里，用手卷成喇叭不知在喊什么，总之她什么也听不见，但她相信他是在跟她说话，跟她一个人说话。

后来，她听说洪炉被改名寇杰，转去了八一小学。再后来，洪炉的消息就越来越少了，直至完全没有。只有那本破字典让她想起并且相信，洪炉的的确确真实地存在过，并没有在她的生活中彻底消失。

三十年过去,弹指一挥间。

一天,她无意中在报纸的中缝里发现了一则启事,题目是"回家看看",启事上说,某福利院建院若干周年庆典,但因许多同学四散各处,无法一一查找住址,敬请看到启事后回院里参加庆祝活动。启事只有半块豆腐干大,是非常容易漏掉的,真是神使鬼差,从来不看中缝的她居然那天就浏览了中缝。

她没怎么犹豫,决定回去看看,毕竟她在那里长大。而且她干得不错,不能说是春风得意,至少不愧对培养她的阿姨和久未谋面的同学,可以说她是载誉而归,她只会是保育员和同学们的骄傲。

庆典的那一天,院里非常热闹,到处都是惊呼的声音和热烈的拥抱。

突然,她听见有人大叫一声:洪炉!她循声望去,内心惊跳不止,果然是洪炉!他还是像离开福利院的那天一样,被同学们围住,虽不是里外三新,但也可以看出他的衣着是有品位的,看上去舒服又不扎眼。不像有些同学,一副灰头土脸的样子,不开口便知道其境遇再好都有限。她也还是当年的黄毛丫头,远远地望着洪炉,他已经是一个成熟的中年人了,可是他的眉宇里,仍旧藏着少年时代的寂寞和忧伤,这也只有杜党生能看得出来。

重逢带给他们的不是激动,而是一缕飘忽不定的如树叶一般的思念终于落在了地上。他们也握手,也四目相望，但却不是简单的久别重逢，同样的举动，里面的内容以及复杂的情感不仅太不相同，甚至连他们自己也说不清其间的百味。

"好久好久没有人叫我洪炉了。"他说。

"对了，你叫寇杰，你过得好吗？"

"过得实在太好了，但我总觉得更像将军手下的一个士兵。我要做的一切就是服从，包括上大学、安排工作、找对象、结婚。"他说得很轻松，还笑了笑。

是啊，他还想怎么样？如果是自己安排，会有太多的自由，但未必一切都好，就像现在灰头土脸的同学们。

"你呢？你过得好吗？"他关心地问道。

"万事自己做主，也不见得好到哪儿去。"

他们相视一笑，儿时的默契与会心卷土重来。洪炉话锋一转道："还记得那本字典吗？让我们欣喜若狂的那本字典。"

"当然记得，我还保存着。"

"真的？！那时我刚到一个新家，一切都很陌生，新妈妈对我很好，但总是嫌我没教养，无数的规矩恨不得我一天全记住。我心里很烦，没有人让我记挂，我就想你，特别特别的想，有一回还自己坐车去原来的学校找你，结果走丢了，来接我的警卫员到处找我，我们很晚才回家，被新妈妈骂了一顿。"

洪炉平淡地叙述往事，没有一点感情色彩。毕竟他们有了年龄，不再年轻的人有一个共同的标志就是稳重，绝不轻易七情上面。

可是她的内心却像烧开的水一样翻腾起来，他也真是对得起她一腔的思念和眼泪，这让她激动，也让她欣慰。当然，她也修炼得很会掩饰自己的情感，她什么也没说，就被同学们叫去参加联欢会了。

院庆之后的某一天，她执意要请洪炉的全家人吃饭，那时她已经跟彭树离婚了，她想带卓童去，卓童说在哪儿啊，跟什么人？她说在陶陶居，和小学的同学。

那时卓童还小，但已显现个性，他说不去，除非跟爸爸和妹妹一块吃饭，卓童不爱跟生人一块吃饭，尤其让他叫人，跟杀他似的，这孩子就这么讨厌。

她只好一个人前往，看到了洪炉幸福的一家人，寇太太一看就是个大家闺秀，长得并不漂亮，但举手投足都透着大气，让人看着很舒服。她在电信局工作，这在当年也是富得流油的好单位。洪炉在省委机关当处长，拿钱不多，工作稳定。他们的儿子寇奋翔真不知长得像谁，俗话说是集中了两个人的缺点，但也还是很聪明的。

见她一个人，洪炉觉得很奇怪。党生淡淡地说，我离婚了。

那时她的工作很忙，但是再忙也有独处的时候，人一静下来，她也觉得生活中欠缺点什么。特别是她正当年，一点性生活都没有，她觉得自己的身体不是需要而是渴望。这种想法又让她恨自己，从小到大，她没受过这方面的任何教育，一味地认为哪怕是想也是耻辱。但幻想不以人的意志为转移,真是怪了,每回她幻想的对象都是同一个人,那就是洪炉。

她年轻的时候并没有太多的要求,也许真的是和彭树貌合神离,他们做这件事的时候总不是那么和谐。就是结婚的那个晚上,彭树也没跟她怎么着,只说是太累就睡觉了。后来他们做得也不多,彼此都缺乏激情。所以她万万没想到离婚之后,又有了一把岁数,反而还会有这方面的欲望,她觉得自己变质了。她拼命地工作,把时间安排得满满的,力图做到回到家里,倒头便睡。

湘姨给她的关心是有限的,不可能代替友谊和爱情。但是湘姨鼓励她要找男朋友,没有合适的人结婚,有人陪陪你也好。她当时瞪大了眼睛,真想不到湘姨这么新潮。男人力气攒不下,女人青春不回头,等你老了,就知道后悔了。湘姨这么说。

洪炉经常有电话来,大概觉得她离婚了,要多多地关心她,又说有什么需要帮忙的,尽管开声。

她很少找他,人家好好一个家,第三者的行为,在她自己这里就通不过。

有个人可以想一想就不错了。

一个星期天的下午,卓童去看他父亲了。洪炉打电话说要来看看她。她说好啊,你来坐坐吧。洪炉过来以后,湘姨就非要留他吃饭,提着篮子去了农贸市场。洪炉说,参观参观你的房子吧。党生说,随便看。

在卧室里,她觉得洪炉离她很近,近到她能够感觉到他的鼻息顺着她的后颈洒满她的全身。她知道他在逼视着她，她浑身不自在，第一个想法就是逃离。可就在这时，洪炉突然把她抱住了，他吻她的脖子，小声而温柔地低语："我爱你，我想要你，从院庆见到你的那天起就想……"不等到她完全反应过来，他已把她拥到了床上。天哪，她真不敢相信，在这茫茫的人海中，他竟跟她共着一副肚肠。

她整个人都是僵硬的，因为已经很久很久没有异性爱抚过她，在她脑子里一片空白的情况下，还是闻到了洪炉头上身上淡淡的洗涤用品的清香。她想他是有备而来的，而在那一瞬间，她也决定接受，过程就是这么短暂。

她闭上眼睛，不想再说服自己了，如果这就是堕落，那她也没有办法。她满身盔甲地活了这么多年，禁锢自己，规范人生，可也还是泯灭不了内心的欲望，特别是她与洪炉的重逢，让她认识到这种欲望是无法抵挡的。

她感觉到他的力量，身体才渐渐地柔软起来，她的手划过他蓬松的头发，宽厚而结实的肩膀，那种感觉太奇妙了，就仿佛这么多年他从没有一天离开过她，他们是那样彼此熟悉和相互融洽。这是她有生以来享受到的最为酣畅淋漓的性爱，可以说以往的岁月都白活了，所有的莫名的焦虑，内心的阴郁以及不可言说的痛苦都随风而去，犹如卸去了千斤重担。

他们的默契是惊人的，没有人提及结果和将来。洪炉从来不说他老婆不好，杜党生也知道自己不可能陷入一场轰轰烈烈的爱情中去，他们原来的生活轨迹恰恰是他们特殊关系的掩体，没有必要去打破它，毕竟他们已不是热血青年。

这种纯粹的爱反而特别稳定，杜党生从心里感谢洪炉，他强有力的表达爱的方式对她来说是一剂良药，否则她一辈子也不可能对他表示什么，只能把爱深深地藏在心底。但同时，他又十分有节制，他知道她走到今天是多么不容易，没有节制的爱会毁了她的前程，所以他们一个月只见一两面，基本上没有败露的可能。

然而，杜党生还是很传统的，她不可能没有负罪感，内心里总觉得对不起洪炉的老婆和他们的孩子，一有机会，她就会有所表示，因为过度的热情也会引起女人的疑心。有一次，海关罚没了一批珠宝，拿出一小部分内部处理。杜党生对这类东西从来也没有兴趣，她设想自己戴根金项链肯定让人大跌眼镜，传为笑谈。但她还是让海关时髦的女士为她挑了一条，送给了寇太太。寇太太非常喜欢，每天戴在脖子上。

逢年过节，杜党生都会派人送去礼品或年货，如果有空的话，也会请他们全家人吃饭。寇太太总是对杜党生说，我们奋翔说了，他最喜欢杜阿姨。

时间像水一样地流淌。

在这之中的某一天，杜党生突然觉得她过去对彭树实在是太过分了，不管彭树有没有跟那个女人好，但毕竟他们是多少年前的恋人，就算是内心里重新激荡起爱情的浪花，也是太可以理解的事。人只有在自己遭遇了某种经历时，才能体会到别人的不容易。

这种忏悔之情变成了一件事，过了几天，杜党生去了彭树的家，这是她自离婚之后第一次到他那儿去，她想看看他的生活。

她什么也没说，走了。从头至尾，彭树也没闹明白这是怎么回事。

短短的几年间，社会发生了很大的变化。一天，寇太太突然出现在杜党生的办公室里，她的神情十分严肃，眼中似乎还有泪痕。杜党生的心一下子提到了嗓子眼里。几天前，她还跟洪炉幽会了一次，两个人翻云覆雨，爱得死去活来，洪炉在他的生活中，已经占据了不容忽视的地位。尽管她有一种预感，他们的结局一定是生离死别，但她已经离不开他，她不能想象他离她而去的日日夜夜。也正因为如此，她才会牢牢地抓住这份感情，格外珍惜。

但如果寇太太知道了这件事，找上门来兴师问罪，就算抄起手边的任何一样东西向她砸过来，她又有什么话可说呢?!

这也将是单位里最大的一件丑闻，传出去后果不堪设想。想到这里，她脸上的肌肉都僵住了，一向游刃有余的她，表情变得很不自然。

然而寇太太关上门，坐在她办公桌前的椅子上，还没说话，眼泪就流了出来。

她说，我早就想来找你，寇杰就是不让，我今天是背着他来的。说出来不怕你笑话，我们单位刚刚搞完优化组合，我处于待岗状态，这个情况我早就跟他说了，可这回他们单位竞争上岗，他不肯参加竞争，那就等于自己放弃，这叫什么事啊？！我们两家的老爷子都过世了，现在谁还顾及面子给你留条路？！

一颗悬着的心总算落了下来，杜党生问道，他为什么不肯竞争上岗呢？

寇太太道，他说是"新科举"，不管老的少的有经验没经验的，眉毛胡子一把抓，全要考试、录像、演讲，他去跟那些新出炉的大学生抢处长的位置，简直莫名其妙，也没有公平可言。我说这是潮流，现在就兴这个，就像兴长发短发喇叭裤，没有什么对错，但任何时候在政治上逆潮流而动都是自取灭亡。

杜党生觉得寇太太很有头脑，情不自禁地一个劲点头。

可是这些话他听不进去，他变了，变得我都不认识了。

杜党生又开始不自在了，在外面有情人的男人在家会是一副什么样子，只有他老婆最清楚，也最敏感。她很怕她说出点什么，总之是他的另一面，好或不好对她都会造成心理影响，如果他是一个极端虚伪、令她失望的人，她会离开他吗？好像在短时间内她是做不到这一点的。

他过去谦和、顺从,自从他父亲去世之后,他总是说,我要做我想做的任何事。谁劝也不行,其实他父亲生前待他很好,如同己出。但有时太多的爱一样造成逆反,他觉得他没为自己活过。

那他准备上哪儿去呢?

他说到朋友开的一家公司去帮忙。你看他这个岁数下海,他是政治院校毕业,又没有一技之长,不是净等着淹死吗?!

可他从来没跟我提过这事。

这就是我来找你的原因,我跟他提过很多次,我说你找杜关长商量商量,你们是青梅竹马的朋友,她对我们又那么好,是不会见死不救的。他说,就因为是小时候一块喝粥的朋友,就因为她对我们好,才不能去麻烦她。我当过处长我知道,当官不容易,她那个官更不好当,不说熟人、朋友、人托人的关系,就是领导的条子,官员和官员之间的平衡,就够让她烦心了。她当然可以帮我,还不是搭人情,你以为人情不是债?都是要还的。到头来她要不就是为难,要不就是违规违纪,我们不能帮人家,总不见得要害人家吧。我说,既然那么多人求她,也不多我们一个,说得不好听一点,不求白不求,她也清静不了。他突然就发起火来了,他说怎么活不是活?不当处长会饿死吗?我就不相信!我从来就没想过要去麻烦她,如果我是张嘴就能麻烦她的人,我会放弃竞争上岗吗?!你怎么到现在还搞不清我是一个什么人呢?!

寇太太走了好长时间,杜党生一直坐在办公桌前,她无可控制地陷入了沉思。原来决定跟洪炉在一起,只是一种情感寄托,她并没有抱太高的期望值。围在她身边的人太多了,亲生的儿女,一个不听话,一个不停地抱怨,她一手培养起来的冉洞庭变成了她背负的最沉重的十字架。外人就更不必说了,你想指望什么?!又能指望什么?!他们看重的是她手中的权力,葡萄美酒夜光杯,最灿烂的微笑后面全都是交易,交易!谁都觉得她风光,有谁真正体恤过她的不容易?!

她从心里感激洪炉,他真的从来没有在她面前流露过半点他处境的窘迫,他完全清楚她有能力帮助他,可他就是不开口。他是一个真正的男人,现在有多少男人还等着女人来养来包呢,逮住一个有能力的,等不及地先解决所有的困难。可他却从心里替她着想,就算他一开始的冲动有叛逆的成分,他的生活被安排得太妥帖了,妥帖得让他心烦,保不准要重返青春前线。但有一点可以肯定,他同时也是真心爱她的。

越是这样的人也就越能打动杜党生,再强她也是个女人,是女人就难逃为情所困、被情所惑的宿命。

杜党生能走到今天,能有如此显赫的位置,自有她不同凡响的过人之处,苦干实干不贪财并不是她的全部。她还有聪明和善于思考的另一面,她想,她决不能让洪炉感到他的后半生是要靠她来主宰的,这样做只可能好心办坏事,令洪炉反感,搞得不好还会断送两个人的情分。她觉得最大限度地理解洪炉,就是让他去做他愿意做的事,不要给他任何形式的束缚。但日子总要过下去,还不能过得贫困潦倒,所以杜党生决定帮助洪炉的太太和儿子,这实际上就是帮了他,至少他可以过得很小康,老婆也不用哭哭啼啼的了。

在这个问题上,她是很容易跟寇太太达成默契的。

有她关照,寇太太上岗并不是一件比登天还难的事,更让寇太太心存感激的是,单位领导还送她去会计培训班脱产学习,可以说是重用她的前奏。这种事在今天听上去简直就是天方夜谭,以她的年纪和能力,配吗?新招来的大学生还在当收发,单位里的人议论纷纷,说咱们电信局又不是夫子庙,怎么长头发的不被重用,专培养些痢痢?!

另外,杜党生考虑到卓晴一直想办通关公司的事,被她压了很长时间,如果叫奋翔和卓晴一块做,不仅给了奋翔一个发财的机会,同时也能受到一些磨炼,这对他的人生有好处。加上这个孩子比较稳重,对卓晴也是一个约束。

但现在看来,事情比她想象的要糟,冉洞庭不怀好意,已经到了利令智昏的地步,卓童又太张狂了,奋翔怎么是这两个人的对手?!

小霍的提醒是对的,而且她也听出了弦外之音,如果不是他们搞得太不像话，影响太大，小霍又何必说这么冒犯她的话呢？

通过这段时间的观察，小霍也逐渐显现出他难能可贵的优点，特别是今晚，他提醒她不要过多地顾及儿女情长，而是一针见血地指出要害问题。说明这个同志不仅冷静，而且尖锐，这才是她应该信任的人。杜党生闭着眼睛揉着太阳穴，万千思绪真的让她有点累了，她说："小霍，要大胆地工作，你还年轻，要准备进班子。"

"我想……"

"这不是你想的事，是组织上考虑的问题。"

"可是有些人总是要把这种事情庸俗化，说我想当官想疯了什么的，还编出了很多故事，我觉得很没意思。"

"你不用理那么多，我心里有数。"

小霍不再说话了，杜党生也没有睁开眼睛，她决定无论多忙都要把手上的事情放一放，拿出一部分精力来了解万顺公司的事，等她有了发言权，她要找时间跟卓晴好好谈一谈。

八

锦绣苑林依山傍水，是典型的高档住宅小区。当年，澳门的一介赌王不间断地为W市的公益及教育事业无偿投资，这样坚持了几年，终于打动了领导班子的芳心，把掌握在手中没舍得批给任何人的最后一块黄金地段卖给了他，当然他也就紧锣密鼓地大兴土木，建造起最为豪华的住宅小区，民间称为天价住宅。这不仅因为它造价昂贵，最重要的是它先天富足，能够造在都市里的青山脚下，湖滨之畔。

想想看，一片精美的庭院式住宅被苍松翠柏环绕，恐怕也只能在西片中找到类似的情景。所以锦绣苑林在房地产业中几乎成为至高无上的代名词。

然而，每年的人大开会，总有市人大代表质疑这块地的发放，坚决要求找出责任人。因为所谓的青山绿水都是国家重点保护之地，市里也有明文三令五申的规定，不得在离名山名水若干公里之内有任何商业性建筑，那么锦绣苑林怎么就拔地而起，成为了明星显贵们的新宠呢?!

普通老百姓永远也理解不了领导们的难言之隐，市政建设的投资有限，到处是塞车，违章建筑，脏乱差，人们怨声载道，只说你无能，谁管你有钱没钱。医院越来越挤，教育经费如宇宙黑洞，投进去多少也是看不见听不着，还是钱的问题。人家赌王就是来送钱的嘛，送得多解决的问题就多，作为回报也不能一点表示都没有，可是人民的代言人他盯着你，他们只管监督和照章办事，你怎么跟他解释？守规矩谁不会，问题是两袖清风地守规矩，人民还是不答应，市人大代表也不答应，他说你不作为。

市领导合计了很长时间，决定锦绣苑林的住户不发产权证，只有使用权限。这样做对两边都有交待，一边不能把盖好的房子拆了，另一边也不至于说不过去，产权还在国家手上，代表们也该放心。

的确有一部分住户离开了锦绣苑林。那么贵的价格没有产权证，这种事没办法说服自己。但又有新的一些人搬了进来，他们觉得今生今世享受过锦绣苑林也值了，没有前面住户的搬出，也就没有后来者的机会。要知道锦绣苑林刚一开始销售，就被抢购一空，谁都明白它的地理位置是无价之宝，而且地盘有限，没有哪怕是一点点持续开发的空间。

情况松动以后，莫亿亿带着母亲住进了锦绣苑林。

是的，她红了，演戏、拍广告的收入不菲。《家族风云》热播之后，她的片约火爆，尝试的第一个广告是殷红、闪亮二合一的唇膏，推出的第三天，即达到三个月的销售目标额：五十万支。锦绣苑林的售楼公司当然要对她网开一面，因为她人气急升，她所选择的住宅便是无形的广告，交了首期便可入住。

红是红了，亿亿的新闻并不多，因为朱曼俏自是她生活中的楷模，但母亲莫眉成为了新闻人物，实在令她始料不及。

娱记当然是无聊，他们没东西报道就报道她搬进豪宅，这都没有什么，但文章写得好好的突然笔锋一转，说锦绣苑林有若干景致，最要看的不是三叠泉、松涛谷，而是每天早上，红星亿亿的妈妈在自家阳台上用早餐。她是一个过气的明星，早已不干文艺工作，身边也鲜有男士出没，但她仍把巨大的阳台布置得如好莱坞明星在海边度假的别墅，她披着真丝晨褛在鲜花丛中喝咖啡，吃水果和火腿蛋，不仅用银制餐具，同时还刀叉并举。早上喝红酒，读莎士比亚的十四行诗，有一个这么抢戏的妈妈，真不知这母女俩到底是谁红了。

莫眉对这种流氓新闻简直义愤填膺。那天，她也就是心情好，自从她给彭树回了一封信之后，彭树几乎每天都给她写一封信。不是什么谈情说爱，就是流水账，但是很奇怪，这些流水账读起来一样有味道。她在阳台上吃早餐，读信，回信，招谁惹谁了？被娱记这么一写，倒成了迟暮美人的思春图，跟花痴也没有什么区别。

亿亿道："算了，你也犯不着生气，以后不在阳台上吃早餐就是了。"

"我为什么不能在阳台上吃早餐？就算我要吃好莱坞式的早餐关他们什么事？"

"那你就别生气，照吃。"

"我能不生气吗？亿亿，想不到我成了你成名的牺牲品。"

"那你叫我怎么办？我要怎么说你才称心如意？"亿亿突然火了，"妈，我的今天来之不易，我可不想让人说三道四！我连拍三天三夜的戏那是常事，在五吨多的泥巴里浸七八个小时拍广告，我说什么了？！再苦再累都是想让你过上好日子，你怎么就不认为是我成功的受益者呢？！"

真是生命中不能承受之轻，莫眉呆立在那里，心里颇不是滋味。过去她跟女儿的关系是那么融洽，争执与吵架里都带着温情，现在她们不吵，话语也是冷冰冰的。女儿被名所累，她身上也滋长了星妈的霸气。本以为有了钱就可以过上无忧无虑的日子，想都没想过会唇枪舌剑，彼此伤害。

不知什么时候，大黄出现在她们之间，看看这个的脸色，望望那个的眼神，渐渐眼中也有了忧郁。亿亿看了它一眼，一声不响地走了。

这满屋子的意大利家私让莫眉有今非昔比、一步登天之感，楼下雪白的三角钢琴是卓童送给亿亿乔迁之喜的礼物，配上珍珠白色的真皮沙发，简直就是白雪公主的世界。

搬进来的那天晚上，她们看着超薄挂屏电视，这还是新产品，价值十几万元。亿亿说，妈，我们终于有钱了，我就是想让你过上这样的日子。

亿亿是真心的，她的发自肺腑的关爱打动了莫眉。但这并不等于说她们就没有矛盾了，莫眉也是真心实意地想为女儿做点什么。为了能让女儿有备无患地对付那些专门在鸡蛋里挑骨头的记者，她翻遍娱乐报纸，整理和抄写了一本《顶尖级明星的百问百答》，这让她耗尽了心血。亿亿对此却不屑一顾，她看都没看便说：

"妈，我现在有经纪人公司打理这些事，你不用操这份心。"

"他们哪有我想得周到,我这里有茱莉亚·罗伯兹、索菲亚·罗兰、刘晓庆、王菲、赵薇、葛优等一系列人的问答,有些问题我还给你打了红圈。"

亿亿随便看了一眼,念道:"'你成功的秘诀是什么?'妈,现在谁还提这么老土的问题!昨天有记者问我,'成名太早,你是否会感到迷失?'你查查你这本东西里有没有这个问题。"

莫眉翻了半天,很遗憾,挂一漏万。

亿亿道:"下面的问题你更不会有了,据说你出生在一个单亲家庭,你跟母亲的感情极其深厚,而且你母亲也曾经是做文艺工作的,为什么你不让她做你的经纪人而要签约经纪人公司呢?这不是肥水外流吗?"

莫眉忙道:"那你是怎么回答的呢?"

"我说,我母亲是个简单的人,同时又是性情中人,她不善心计又七情上面,她是我所见到的最单纯最有个性同时追求尽善尽美的母亲,我非常爱她。但是经纪人是一个极其规范的工作,专业性很强,完全不是亲情可以替代的,而且优秀的经纪人是名利双收的保障,我不会用狭隘的观点来理解这个问题。这就是我选择经纪人公司的理由。"

"我都多大岁数了,你还用单纯来形容我,别人听起来好像我缺心眼似的!而且我的确是完全有能力做你的经纪人。"

后来这本《百问百答》被卷在过期报刊里卖了。

一天晚上，亿亿拍完片子回家，莫眉早已叫钟点工煲好了汤水。现在她们不仅请得起钟点工，连大黄都有了自己的单间，有时还跑到院子里去向锦绣苑林里的名狗献殷勤，再去爱心驿站，也有了贵族狗的冷漠，对过去情投意合的大众狗像对乡下老婆似的不理不睬。

亿亿喝了几口汤，突然道："妈，你猜今天谁到片场去了？"

"谁？"

"我爸。"

莫眉冷下脸来："他去干吗?!你出名了他就出现了，他就是这种人！"

"富在深山有远亲嘛，成功不就是为了让人想起来吗?!"

"你倒潇洒得很。"

"妈，你不是还爱我爸吧?!"

"别我爸我爸的叫得这么甜，我爱他?!你什么时候听见我跟你提起过他?!爱他，他以为他是谁！"

"那你怎么还是这么深仇大恨的？难说不是情缘未了。"

"别胡扯了，他找你干什么？"

"他说他的公司有个活动，叫我帮他去剪彩，扩大点影响。"

"你答应了？"

"答应了，他毕竟是我爸嘛。"

"他是你爸，我们困难的时候他在哪里?!你寂寂无名的时候他在哪里?！他从来没尽过一个做父亲的职责，就连你的生活费还得我上门去讨，让我在那个女人面前丢尽了面子。他还有脸找上门来!"莫眉越说越气，不仅每一句话都像台词那样铿锵有力，而且眼中还噙着泪花。

相比之下，亿亿却显得宽容和温情，她抚住母亲的双肩："妈，别这样，他知道我们过得比他好，这还不够吗?"

"你太年轻了，理解不了我心里的委屈。"

"可是血浓于水呀。"

轻飘飘的一句话，勾销了所有的怨忿和恩仇。"我没有这个雅量，以后他的事你不要跟我说。"莫眉硬邦邦地说道，目光炯炯有神。

这之后不久的一天，莫眉正在爱心驿站上班，突然站里接到小动物保护协会的紧急通知，要求全体人员火速赶往某个现场，阻止虐待小动物的行为。

这样的事不止发生过一次，每回自然是莫眉担纲主角，因为她会说，语气也把握得比较好，富于煽动性，就像林道静当年在广场游行时那样气宇轩昂。他们赶到那里时，协会的人已经到了，拉着横幅，举着标语牌，只是人员稀稀拉拉，大多是女流之辈。爱心驿站的人虽然也不整齐，但总是多一个人多一分力。

原来，有一家推销公司将隆重推出一种家庭装修用的涂料，鉴于现在混乱的装修市场上的涂料毒性成分特高，致使有人搬进新居后不久便患上了白血病等。而这家公司推出的涂料号称安全系数极高，没有任何毒素，为了证明这一点，现场将让狗来喝这种涂料。

推销公司还没有来人，但是现场三天前已布置完毕，整个色调是蓝白两色，看上去醒目干净。舞台上的天幕挂着巨幅的该产品的品牌：幽兰。下面是一行草书：可以喝的涂料！与之相对立的是动物协会的标语牌，巨大的两个字：停止！下面是一幅漫画，若干猫和狗在抗议：为什么叫我们喝这个？！

高音喇叭里放起了动感音乐，看热闹的人越聚越多。

上午十点半钟，推销公司的人已云集台上。莫眉拿着电喇叭也在准备热身上场，忽然，她愣住了，而且是目瞪口呆，只见身穿涂料色杏黄短裙的亿亿正闪亮登场，她身边跟着黄文洋，一身笔挺的西装，酒红色的领带。这么多年了，他没发福，也没怎么见老，还是一样挺拔的身材。而莫眉却穿着工作服就匆匆地赶来了。

首先，黄文洋把自己的推销公司捧上了天，说他们如何如何成功地推销过什么什么产品，就差没说能把死人销得满街跑。接着他又说幽兰涂料多么鲜艳美丽，多么安全可靠。这时，台上的人群闪散开，显露出一排排的涂料桶，摆放得如金字塔形状，上面系着红绸，扎着招摇的蝴蝶结。黄文洋大声宣布：现在请影视红星莫亿亿小姐为我们剪彩！

亿亿在一片欢呼声中，拿着镀金的大剪刀，剪断了红绸。

有两个英俊的青年打开了涂料桶,将白色的涂料倒进一个盆里,两只斑点狗被牵了出来,它们被扎上围嘴,准备喝涂料。

"住手!"人群里有人字正腔圆地大喝一声,不等人们反应过来,莫眉已经一个箭步冲上台去,身后紧跟着一干协会和驿站的人,他们个个挺着胸脯,怒目而视。

显然,黄文洋认出了莫眉,但在这种场合,当然也只当她是陌路,他不失风度地说道:"请问这位女士,你这是干什么?"

莫眉也只当不认识他,公事公办道:"推销产品可以,但是不能虐待动物!"她的身后一片附和的声音。

黄文洋道:"我怎么虐待动物了?!既没打也没骂!"

"可你叫狗喝涂料!"

"这种涂料完全没有毒性,有害物体是零!"

不等莫眉回答,她的身后已是一片声音:"既然没毒性反应,你完全可以拿科学数据来证明,用不着拿狗来做试验!""科学进步了,但这种做法是百分之百的倒退!""你把你的产品吹出花来也不关我们的事,但是让狗喝涂料,我们坚决不答应!""动物也有尊严,不能让它们做它们不愿意做的事!"

场面一度很混乱,大家都在说话,谁也不听谁的。

亿亿跑到母亲身边:"妈,你是不是有点小题大作了?"

"这怎么是小题大作呢！这种行为不制止，我们全民族都不可能有爱护动物的意识！"

"可是……"

"我倒是觉得你答应他到这种场合来做促销宣传，太草率了。哪个明星是不爱动物的？！"

亿亿又跑到父亲那里："爸，整个宣传攻势很到位，就别叫狗喝涂料了。"

"那怎么行呢？我在广告上就是这么写的，如不兑现就是虚假广告，厂方随便把我一告，我就得赔得倾家荡产！"

"妈的脾气你也知道，事情只会越搞越僵。"

"她这是成心，那么多手术、新药都是在动物身上做试验，难道在人身上做试验不成？怎么没见她到医院门口去示威游行？！"黄文洋也不可能面带微笑、神态优雅了。他冲到莫眉面前，恶狠狠地说："莫眉，你不要公报私仇！"

"你不要这么庸俗好不好？！我告诉你黄文洋，我跟你恩断义绝，哪还有什么公仇私仇？！你发财你讨饭都不关我事！"

"那你就别到这里来给我捣乱！"

"你不叫狗喝涂料，我马上就走，绝不挡着你发财！"

"我说一百遍了，这种涂料里没有一点毒素！"

"既然没有毒素，干吗叫狗喝，你喝不就得了吗？！"

莫眉身后，一片赞成的声音。

黄文洋被顶在那儿了，上不去下不来，他气得声音都发抖了："最毒不过妇人心，莫眉，你也太狠了！！"

现场终于出现了片刻的沉寂，商场如战场，要奋斗就会有牺牲，它的残酷性常常让人始料不及。黄文洋万般无奈，只好在所有人的目光下，在他邀请的和闻风而来的记者的镜头前，捧起涂料盆，就在他要喝的一瞬间，莫亿亿惨烈地大叫一声："爸——"

天哪，这到底是怎么回事？

第二天的报纸都在抄这条新闻，但是没有人注意幽兰涂料，人们记住的是"一家三口上演苦情戏，红星莫亿亿泪洒促销现场"。

当然，莫眉也是表情狰狞地出现在报纸上，谁都知道亿亿有个抢戏的妈妈。

"你现在满意了吧，我爸爸喝了一肚子涂料！"这就是亿亿回到家中，跟莫眉说的第一句话。

莫眉也火了："你心疼他？！真是近的不香远的香！我告诉你他对你根本就没有养育之恩！"

"怎么也不至于让他喝涂料吧？！"

"这是他推销策略的错误和失败，我不出面一样会有人指责他！"

"可是你让我看到的是你，是你在逼他。而且你也说过你没有这个雅量。"

"天地良心，这是两回事！我怎么知道他要用狗做实验？！"

"就算你做得对，可是叫我爸爸喝涂料，我心里不好受！"

莫眉脱口而出道："你以为我心里就好受吗？！"

这天晚上，莫眉搂着大黄哭了很长时间。

木制的小船如果摇橹，自然别有一番风情，但目前全部都安了小马达，速度倒是快了，但显得不伦不类，而且不等你细细欣赏湖光山色，流溪岛已豁然出现在眼前。流溪岛四面环水，唯有乘船方可上岛，船都是附近村民的，来到之后四处望望，见到谁家有船在就说：上岛吗？然后谈好价格，随时可以走人。

凌晓丹带着台湾客户，顺利地叫好一条比较干净的船，中间还放着两个小竹凳，坐上去之后，船儿便向岛上驶去。

虽说卓童这个人不怎么牢靠，但他毕竟拿出了相当数额的一笔钱，而且在她和台湾客户的协议书上签了字，看来他真的是把这件事当成一件事来做了。而且第一期工程的三层木制小楼很快建成并且可以住人，一旦住进了小木屋，卓童非常陶醉，有相当长的一段时间没出岛，这正是晓丹希望的。

事先她跟他通了电话，告诉他今天台湾客户要来，叫他做点准备，毕竟台湾客户是大股东，要让人家对这个项目有信心，才有可能长期合作。

上岛之后，晓丹和台湾佬看到的不是热火朝天的施工现场，而是一片冷清。

他们疑疑惑惑地进了小木屋。这里面倒是别有洞天，楼下两桌麻将，楼上一桌拱猪，三楼有几个人坐在地上聚精会神地看影碟，其中一个房间，有个喝得半疯的画家在泼墨作画，远处，传来断断续续悠扬的歌声。画家说，这小子刚刚退出歌坛，实在是技痒难忍，便跑到岛上来嚎。

晓丹道："卓童呢？怎么不见他的影子？"

"在山上吹埙。"见晓丹听不懂，画家用手比画着，"跟鸡蛋似的，六个孔。"

晓丹果然在山上找到了卓童，经过厨房，看见本应该紧张施工的民工正在杀鸡宰鱼，忙得不亦乐乎。卓童面向湖水，盘腿坐在参天古松下的青石上，呜呜咽咽地吹着埙，还真是韵味无穷。但此刻的晓丹，哪还有心情欣赏她的意中人，她来到卓童身后，拍了拍他：

"喂，我问你，这到底是怎么回事？"

"什么怎么回事？"卓童闻声转过身来，"出什么事了？"

"我不是打电话告诉你，台湾客户要上岛吗？！你怎么搞出来一屋子的人？"

"都是朋友，我也不知道他们会今天来，他们太喜欢这儿了，有几个人原先是我们"摇啊摇"乐队的，你认出来没有？"

"认出来了，我还认出一个民工在拱猪，剩下的全在当伙夫！"

"不够人嘛，这很正常。"

"正常个屁，这个水上俱乐部是有工期的，什么时候完工，什么时候装修，什么时候开业都是有一整套计划的，你怎么能这么随心所欲？"

"瞧你说的，又不是宇宙飞船，还能精确到每分每秒啊。"

"走吧走吧，赶紧去见见台湾客户，人家鼻子都气歪了。"

"你先陪他转一转，这座小木楼建好他还没来过呢，我要在这儿等人。"

"等谁？"

"亿亿，她今天是第一次上岛。"

晓丹情不自禁地跌坐在青石板上，本以为这一次他们俩铁定断了，自从卓童上岛便与世隔绝，不理凡尘之事，找了一个有船的村民日日给他送给养。可他到底还是没有忘记莫亿亿，竟像中了魔一样。问世间情为何物？晓丹真是从心底恨透了莫亿亿，如果不是她从中作梗，普天下从哥们儿演变成夫妻的例子还少吗?!

几天前，母亲做了一些姜醋猪手，煲足了十个钟头，叫她送给杜阿姨补补身子，因为杜阿姨是寒体，平常工作又太辛苦了，要多吃一些暖身的东西。冬天，晓丹也给杜阿姨送过羊腩煲。她来到杜阿姨家，完全没有想到她病在床上，身边一个人也没有。

当时她颇不理解，杜阿姨有儿有女，又是一呼百应的人，怎么会出现这样的情景？杜阿姨脸色发青，嘴唇却没有颜色，她实在是太累了，背痛得不能碰，一碰就像针扎一样，只好不吃不喝地躺在床上。杜阿姨看出了她的心思，笑道：生病又不是什么好事，犯不着兴师动众。再说我狼狈的时候，不想见到任何人。晓丹当时什么话也没说，到厨房洗米，打开火煮白稀饭。

喝着白稀饭，杜阿姨说，晓丹，我只有把卓童交到你的手上才放心。

晓丹心想，可他的心思在别人身上，我又何必像个旧式妇女似的，等着别人来垂怜。慈善晚会那天，她提前退场了，独自开车，独自流泪。商场那么险恶，她都没有哭过，没有掉过一滴眼泪，可是这个晚上，凌晓丹都不认识自己了。

她在后视镜里看到自己泪流满面。

杜阿姨说，我去找过那个女人了。我说，你女儿也红了，基金会也捞足了钱，这种事有人辛苦忙碌一辈子也未必做得成，你不至于糊涂到真的以为你们母女俩有过人的才华吧?！任何时候都不要贪得无厌，该放过我儿子了。

晓丹忙问道，那她怎么说呢？

"她还能怎么说，还不是那一套话，什么儿女的事我们管不了，不如听其自然。"

那天中午，杜党生抽了一点时间去了爱心驿站，说白了是一个流浪狗的收容基地，处处狗气冲天，她仿佛到了另一个世界。在这之前,她压根不知道在这座现代化的城市里,还有这样的角落。

在院子里,两个单身母亲做了简短的交谈,尽管交谈是冷冰冰的,谁都不肯示弱,但她们都希望儿女有一个她们认为幸福美好的将来。在此,杜党生不惜把卓童说得一无是处,但那个女人说她能够接受这种一无是处。穷人见了钱就像狗见了骨头,是不会轻易松口的。杜党生终于没有了耐心,她说,我不是来跟你探讨问题的,我只是来告诉你,就算你女儿当了未婚妈妈,我也不会认下这门亲事。该怎么办,你自己想清楚!

说完她头也不回地走了。

捞仔及时地帮她打开车门,回去的路上,捞仔说,她女儿现在很红啊。

"红又怎么样?!难道我们还沾了她的光不成?!"

捞仔听出了杜党生满肚子的气,再也不敢吭声了。

这天晚上,晓丹从杜阿姨家出来,心里还挺高兴,杜阿姨简直比她母亲更了解她的心,也更能看到问题的实质。

开发溪流岛,她可谓用心良苦,还是没让卓童回心转意。

这时,她看见卓童从青石板上跳起来,冲着岸边挥手,遥遥望去,莫亿亿在岸上的身影也在挥手。卓童冲下山坡,并且一直冲到上岛的渡口,手卷喇叭人喊:"找条船过来呀!"风中飘来亿亿微弱的声音:"没有船啊。"

"那就再等一等，很快就有了！"

"我不想等了！"亿亿说完这句话，便扑进水里，脚下水花飞溅，她游过来了。

这就是亿亿，如果她像所有的女孩那样，徜徉在岸边等船，注重自己完美的形象，那她就不是莫亿亿了，也不可能令卓童难以忘怀。他们不羁和狂野的一面是那么契合。你不觉得我不务正业吗？有一次卓童这样问她。她说，什么是正业？做自己想做的事不就是正业吗？可是我并不是什么总经理，我什么也不是。我知道，我承认我开始看上你是因为你有钱，有能力，可是现在我真的喜欢你，只要饿不死我们就在一起。

说时迟，那时快，卓童也一个猛子扎进水里，向亿亿游去。

观众并不止凌晓丹一个人。"狗仔队"及时赶到了这里，若干个大炮一样的镜头在碧波上扫来扫去。流溪岛上，退役歌手那把失控的歌喉，咿咿啊啊的咏叹穿越密林，在水上盘旋、飘荡，却不知人在何方。卓童和亿亿之间的距离越来越近，晓丹多么希望有天力阻止他们，但他们还是在水中相遇相拥，并且紧紧地抱住对方。

此情此景，像刀子一样刺痛了晓丹的心。这种在日本电视剧里才可能出现的动人场面，舞台是她提供的，并且热辣辣地呈现在她面前，命运为什么要这样捉弄她？

她知道明天报纸的娱乐版将怎样渲染这件事，卓童的光辉形象和小档案将一览无遗地出现在报端。就在这一分钟里，晓丹决定跟亿亿摽上了，似乎结果怎么样已不重要，重要的是她不能输，她的人生字典里还没有过"输"字。

但是她决定放弃和卓童合作的项目，至少不能把他留在岛上，因为他的狐朋狗友，那些所谓的歌唱家、音乐家、画家、作家将慢慢地吃光投资，吃垮项目，最终一哄而散。而这一切都将笼罩在温情的友谊的烟雾中。

卓童从来也看不清这一点，他拿他们当朋友，他们拿他当大头，是来打秋风吃大户的，他们只是他的吃客而已，就这么简单。

就像眼前的莫亿亿，她对卓童的了解还不及她的百分之一，就开始大演特演言情剧了，爱情没那么简单，她爱他什么？无非爱上他花钱的冲劲和他头顶上的光环罢了。

莫眉一直以为，黄文洋跟那个又黑又瘦的女人肯定过不长，以她当年的条件与芳华都没有留住黄文洋的心，何况黑瘦女人平庸的姿色。而且这个女人也没有为他生个一儿半女，这都是长不了的迹象。甚至莫眉潜意识里还觉得黄文洋总有一天会后悔，后悔当年背叛了她，那她还能接受他吗？这还成了一个问题。可他们却一直过下来了，似乎还过得不错，他们请亿亿吃了顿饭，亿亿说他们挺夫唱妇随的。

这使她的心情有点讪讪的,有一种自讨没趣的没趣。尤其媒体还说她身边鲜有男士出没,这很伤她的自尊心。

可是她分明知道自己并不差,那些在她眼里很不怎么样的女人也不乏裙下之臣,她的形单影吊连她自己都觉得不正常。不过中国男人的品位你是不用指望的,他们喜欢的是十八岁嘎嘣脆,成熟女人在他们眼里屁也不如。

她曾把这种内心的孤寂写信告诉彭树,彭树在他的回信里只字未提对这类问题的看法,更没有赞美她,他从来没在信中赞美过她,可他写了很多信。他只是这样写道:天鹅是一夫一妻制,找不到另一只天鹅的天鹅也只好变成鸭子。这真是一句耐人寻味的话。那么她目前还是一只天鹅喽,如果这样理解便是无与伦比的赞美。

她有点喜欢他了。

她当然明白他为什么给她写那么多信,至少说明他缺乏知音,她又何尝不是呢?!而且也没有什么企业家、银行家等着跟她手拖手,真不知道自己还在等什么。

三个月一晃而过,彭树回来之后,只给她打了一个电话,并没有进一步的举动,这使莫眉有点糊涂了。或许是真的不合适,他们的儿女在谈情说爱,他的前妻又是一个那么专横跋扈的女人,并且没有再婚。天下半老的男男女女多着呢,为什么他们俩非要往一块挤?就算他们认准对方是一只天鹅,但迫于这么深重的天然屏障,如果不想跟野鸭子配对儿,也只好自己待着了。

在这个世界上,谁红,谁唱主角,都是没有先兆的。

彭树多年来潜心研究的那个既不畅销,也不合群的日本作家,突然被提名诺贝尔文学奖。几乎一夜之间,他开始在日本走红,随即影响到中国大陆,大陆的跟风是出了名的,大众从来不问青红皂白,都在等别人干什么自己就干什么。彭树翻译的著作便被一印再印,反复印刷,仍旧排名在畅销书榜首。

而且彭树也成为研究这个作家风格和特色的权威学者、专家。他被请到大学去开讲座,报纸上登他的专访,电视台也没放过他,不仅对他进行了专题介绍,而且还让他朗读了这个作家最具特色的作品片段。

感谢现代媒体不可一世的传播性,彭树一下子成了名人。而他儒雅的气质和风度,迷倒了一批情感尚无着落的老女人。她们不像那些小女孩,眼睛只盯着大款,经过大风大浪的洗礼,她们知道自己想要什么。传说,彭树喜欢去天香楼吃杭州菜,所以小小的一个风味餐馆,隔三差五就会有一两个相貌端庄、穿戴素雅的成熟女性独坐寒窗,或许想与他不期而遇也未可知。

天香楼真该改作怜香楼才对。

一天,莫眉突然接到彭树的一个电话,约她一块吃晚饭。她百思不得其解,这个人没出名的时候都不来约她,好容易出了名,那还不是等不及的十八岁嘎嘣脆,怎么会约她吃饭呢?可能是讲儿女的事,她要是自作多情,那就太可笑了。

"不是去天香楼吧？"她想跟他开个玩笑。

"无聊。"

"大器晚成是什么滋味？"

"莫眉，我们不要说这些，晚上我有重要的事情跟你说。"

那时她觉得他们之间什么都不会发生，但她仍旧希望给他留下天鹅的印象，哪怕是一只不再年轻婀娜的天鹅。她下班回家后洗了澡，化了点淡妆，穿上了那件黑色芬迪的裙子，但是临出门前她还是脱下来了，因为看上去实在太隆重，也有点独上天香楼的意思，她换了一身看上去十分朴素的衣服，人也随意了很多。又抽了一张纸巾，把口红抿得若有若无，这才比较踏实地出了门。

拾级而上，步入挑高的玄关，银粉木墙一直延伸至二楼悬空的云台。人过处，地灯映射下的人影飞浮在云台上，这便是著名的云台飞天日本料理。

这里不仅有美味的海胆和三文鱼子，轻薄的烤牛肉也是入口即化，最重要的是这里有怀石料理，相当于中国的御膳，不仅讲究食品的新鲜和真材实料，而且巧手巧思，高潮迭起。所以有人说，最贵的餐厅不是充斥鲍鱼燕窝的粤菜馆，而是首屈一指的云台飞天。

很多人没吃过云台飞天，但都知道它贵，吃鱼生就跟吃自己的肉似的。

彭树订的房间别致优雅，配上时隐时现的日本音乐，有一种天上人间的感觉。莫眉进来时，彭树已经在那里等她了,他神情泰然,面带微笑。成功可以改变人的相貌、气质,莫眉觉得以前彭树好像没有这么顺眼。

莫眉坐下来便小声道:"发了财也不要这样子好不好?"

"那发财还有什么意义?"

"我们跟他们到底不是同代人,我指的是卓童和亿亿他们。"

"我们有我们喜欢的情调嘛。"

埋怨归埋怨,莫眉心里还是很受用的,毕竟这说明彭树很重视她。

清酒和图案精致美丽的经典日本寿司被穿和服的小姐捧了上来,莫眉只觉得色彩斑斓,眼花缭乱。她望着彭树:"还是先说正经事吧,否则我吃不下这么贵的饭。"

"也没有什么,我想正式约会你。"

"别拿我解闷了,你在日本给我写了那么多信,回来都没有正式约会我,现在,你已是海阔天空,怎么可能呢?"

"名利于我如浮云。要说有什么好处,那就是给了我自信。"

"什么意思?"

"我承认我对你一直有好感,但我需要一个机会,如果我没有今天,那我至今什么也不会说。在我看来,爱情只属于粉黛烟云的青涩年华,可是我们都错过了。到了我们这个年纪,没有名利,我怎么敢妄谈爱情,那不是太可笑了吗?何况你在我心中是极有品位和表演才华的女性。"

莫眉如同听到天籁之音,未饮先醉,想不到迟来的爱情还会这么美,她的双颊飘起少有的红润。但她仍小声地说道:"真是这样吗?我没那么容易相信。"然而她的神情,分明已深信不疑。

"我也不相信,我不相信会认识你,不相信你会给我回信,更不相信我终于有了向你表白的勇气。"彭树今天穿得很正式,做工考究的西装,八百元钱买一条领带好像不应该是他这个年纪的人所为,但他仿佛回到了年轻时代。

他说的是实话,他喜欢莫眉,同时又是最懂得欣赏莫眉的人。他觉得她在舞台上是活生生的生活中的人,而在生活中她却有着超凡脱俗的气质,令人遥不可及。对她的爱始终折磨着他,毕竟他已不是有爱饮水饱的青瓜蛋子,爱情又岂能靠写信来维系?!那不是空心岁月而是一个个实心的日子,它需要物质基础,需要钱,需要感觉和情调,也需要一些虚幻的东西做调剂,一句话,爱情是奢侈品,以他清贫的生活现状,他不敢碰。

即便是莫眉愿意接受又怎么样?这对她不公平,凭什么人家要来照顾你的起居饮食?你能给别人带来什么?

如果你买不起玫瑰花,就不要埋怨女人一天比一天势利、俗气。

所以,他从日本回来之后,平息了内心的冲动。他决定永远不去打扰莫眉,这样不是挺好吗?有时相爱不如怀念，彼此心中都隐隐约约的有点什么，但谁都不去说破它，只是心灵相守。这可能就是中年人最经典的爱情了。

就连他自己也没想到，他的境遇突然改变了。虽然他不是很有钱，但至少已经可以安排浪漫的夜晚，可以在云台飞天请自己心仪的女人吃饭。

这真是一个令人难忘的夜晚，吃完饭以后，他们去了老歌夜总会，这种地方，莫眉不知道多少年没来过了，彭树也是一脸的茫然和陌生。可是他们都在努力寻找那种久违的浪漫情怀，这儿人不多，所有陈设都透着怀旧的气息和成年的稳健。灯光被橙色的幕布隔着，不仅整个歌厅沉浸在朦胧的暖色调中，就连他们脸上的皮肤，也有了陶瓷一般深秋色彩的质地，滤掉了无限沧桑，只剩下完美的轮廓，宛如时光倒流。

他们进去的时候，有一个中年人正在深情地大唱《长江之歌》，声音洪亮而寂寞。

接下来是冷场。这时，莫眉走了上去，她唱了一首《你的眼神》。

像一阵细雨洒落我心底，
那感觉如此神秘，
我不仅抬起头看着你，
而你并不露痕迹。
虽然不言不语，叫人难忘记，

那是你的眼神，明亮又美丽，
啊，有情天地，我满心欢喜。

莫眉的嗓音低沉，充满磁性，她毫不费力地唱着，眼角却泛起泪花。是的，她不仅满心欢喜，而且心存感激，她感谢上帝为她久旱的心灵送来了细雨。相爱的困难在于可遇不可求。即使她每个早晨都从纯白色亚麻窗帘的缝隙里，望着丝丝缕缕的阳光，即使她每个晚上都深陷在意大利软皮沙发里，喝一杯浓烈的红酒，都无法抹去她心灵的荒芜，没有人知道她的痛苦有多大，孤独有多深。而越是衣食无忧的日子，那种苍白与空洞的感觉就越是要时时爬上心头。

彭树也陶醉在歌声里，以往的这种深情远望、心心相印，只可能出现在他的译作里，现在却海市蜃楼一般地出现在他的眼前，说不清是梦是醒，是幻是真，而他自己也是这梦幻中的一部分。

不过有一点可以肯定，他确信自己已拥有这个世界上最为成熟完美的爱情。

可能是昨晚没睡好，上午在办公室，杜党生觉得注意力很难集中，看文件时不是在一行来回重复，就是一下子漏掉了好几行，她起身给自己冲了一杯速溶咖啡。

早上梳头的时候，随意撩起头发，发现里面的白发历历在目，都有点藏不住了，然而烦心的事一件都不会少。当一把手就是这样,有说一不二的权力,但所有的风险也没有半个人为你分担,可谓冷暖自知。生活中的问题更是一笔糊涂账,说不清,吵不明,又没有一个男人能真正帮上她的忙,要说高处不胜寒,她的体会最为深刻。

有人敲门,进来的是冉洞庭,汇报了一些面上的工作。

她本来很想发作,但还是忍住了,自己的女儿不争气,越发脾气越显得无能。前不久,霍朗民按照她的指示,把万顺公司的几件通关个案形成文字,放在了她的办公桌上,问题是严重的,冉洞庭做的手脚也是惊人的。昨天晚上,她很严肃地找卓晴谈了这个问题。她说,你的胆子也太大了,你这么干,叫我以后怎么开展工作?我还怎么去管理下面的人?

杜党生说,海关的事情很复杂,一句话两句话也说不清,但有一点可以肯定,冉洞庭不是什么好人,他已经完全变质了,他这样纵容你并且大力帮你去办违法的事,是有他自己的个人目的的。所以你无论是在工作上还是在私人感情上都要跟他一刀两断。

想不到卓晴断然回答:"这办不到。"

"为什么?"

"我爱他,我要跟他结婚。"

"你别忘了他是有老婆有孩子的!"

"他正在办离婚。"

"离了也不行！他的人品有问题，就你那点智商，被他卖了还帮他数钱呢！"

"谁都知道他是你一手培养起来的，现在你不想让我跟他好，就因为他结过婚，因为他没有显赫的门第，没有跟凌晓丹一样体面的爸爸，所以你就把他说得一无是处！"

杜党生真是百口难辩，她心急如焚："卓晴，没有一个母亲不希望自己的女儿幸福，你要相信妈妈，至少我是不会害你的。"她在厅里来回走着，她说，"想不到现在会变成这个样子，我当时同意你办通关公司的初衷是……"

"是为了帮助寇奋翔，因为你跟他的父亲有隐情。"

"这是谁跟你说的?!"

"那你就别管了，寇奋翔的父亲也是有老婆有孩子的人，你为什么要跟他好?!"

杜党生只觉得脑子"嗡"的一声，彻底乱了，她完全想不起来自己在什么时间和地点有过疏漏？他们共同碰到过什么人吗？她曾对最亲近的人说过什么吗？她自认为在这件事情上做得是滴水不漏的。然而世事难料，世事难料啊，冉洞庭在她的生活中浸透得有多深，恐怕连她自己也很难说得准，何况湘姨又是他的妈妈，不经意地说出一两件她的秘密也不足为奇。直到现在她才发现她低估了冉洞庭，他不光是可恨而是可怕，将像幽灵一样带给她厄运。

这时的杜党生并不知道，匕首已经扎在了她的胸膛。

杜党生无力地跌坐在沙发上，她说："卓晴，你要相信妈妈都是为了你好。"

卓晴的眼泪流了出来："你叫我怎么相信？我哥哥想干什么就干什么，他什么也做不成可是有花不完的钱，你说他什么了?!凭什么我就要按照你指定的轨迹亦步亦趋地走，怎么做你也不满意！你还想让我延续你未能如愿的情感，恨不得我嫁给寇奋翔才称了你的心愿！你把我当成什么了？怪不得有人说我不是你亲生的，我现在有点相信这是真的了！"

杜党生脸色铁青，一巴掌扇了过去。

她只觉得眼前一黑，所有的理念、理智、思维乃至整个精神世界迅速地离她远去，脑袋里是一片空白。等她醒过神来，客厅里只剩下她一个人，卓晴早已不知去向。杜党生一夜无眠。

她现在最不愿意见到的就是冉洞庭，对他的厌恶之情已溢于言表，很难掩饰。但她在心里一再地告诫自己要沉住气，有道是宁可得罪君子，不能得罪小人，现在只能让他尽情表演，而她要理清楚思绪，谨慎行事。

汇报完面上的工作，冉洞庭并没有走的意思。杜党生不觉抬起头来："还有事吗？"

冉洞庭拉开大班台前的椅子，索性坐了下来："我打了份报告，想请你看看。"他说话的神情和语调一如既往的恭敬。

杜党生看了他递上来的报告,是为高锦林申办免税仓的事,以高锦林以往的做法,这是让他的走私行为合法化。杜党生当即表态:"这不可能,你让他死了这条心吧。"

"我也是这么跟他说的,可是……"

"可是什么?哪有那么多可是?!"

"可是他说你欠他一个人情。"

"我欠他什么人情了?笑话!"

"彭卓童欠了人家的钱,现在别人不但要追杀他,给纪检的告状信都写好了,这就牵连到了你。高锦林还是真够意思,马上帮他把这笔钱还了,摆平了这件事。"

杜党生不动声色道:"多少钱?"

"差不多是一千二百万。"

杜党生不觉倒吸一口冷气:"他要这么多钱干什么?"

"七七八八花了一些,像捧他的女朋友,慈善晚会什么的,大头还是与人合伙开发溪流岛的水上俱乐部,这本来是一件好事,大有发展前景。可是你也知道,卓童的朋友特别多,又都是些半疯半傻的文化人,他们有什么正经事?一有空就跑到岛上去白吃白住,所以好好的一个项目反倒赔了钱。"

溪流岛的事杜党生还有点印象,好像是晓丹跟她提过,当时她还挺放心,想不到现在都变成了逼她就犯的砝码。

她只觉得有一双无形的大手,卡在她的脖子上,无论怎么挣扎,仍旧喘不上气来。

办公室里出现了片刻的宁静。

以往,她有了为难和烦心的事,通常都是冉洞庭陪伴左右,帮她出主意,想办法。现在他们是彻底的离心离德,她还能说什么呢?!

突然,冉洞庭开口了,神情无比沉痛:"杜关长,我早就想跟你好好谈一谈了,今天是个机会,我决定还是把话说出来,否则憋在心里也不好受。我知道你对我有成见,你不再信任我了!无非是我和卓晴真心相爱,但你觉得我配不上你女儿,我出身卑微,又结过婚,可是我努力了!我跟着你车前马后地干,有时累得像狗一样,就是想混得出人头地,不辜负对你的知遇之恩。无论你怎么看我,我还是要跟你说,我懂得滴水之恩当涌泉相报的道理,就凭你对我、对我母亲的恩情,我也会对卓晴好,让她一辈子幸福!你要相信我!"

杜党生踱到窗前,冷冷地回道:"不要在办公室谈这些家长里短的事!"

"那好,就算我背着你做了一些违规的事,在万顺公司的问题上不讲原则,那我也是因为不能正确处理对卓晴的感情,你批评我骂我都可以!为什么要去相信霍朗民的话,你以为他是什么好东西!他这个人野心大得很,既然他以反腐英雄自居,为什么他跟缉私处处长合谋,放行了两艘东泽国际的走私油轮,不就是他们一人收了高锦林的三十万嘛!这种事他跟你提过吗?"

这又让杜党生在心里暗暗吃了一惊,小霍会做这种事吗?难道她真的看错人了吗?她自信不是一个耳根软的人,但是这场没有硝烟的战斗太复杂了,每个人都卷进了金钱的旋涡,谁在它面前是真正的英雄?何况高锦林又绝不是一个低能的对手。

冉洞庭的聪明就在于他知道适可而止,不会在任何问题上喋喋不休,令人生厌。

就在杜党生平静的外表下,内心却翻江倒海之际,冉洞庭又把话兜了回来:"如果股市崩盘,你一个人在那举杠铃有什么用?!我不是替高锦林说话,他手眼通天,就他盖的那座月亮楼招待所,看上去不显山不露水,听说里面是要什么有什么,吃是飞禽走兽,山珍海味,女人是燕瘦环肥,衣红袖翠。现在是有酒今朝醉的年代,有多少从中央到地方的官员在那里流连忘返。我不是羡慕他们,我是担心,他如果是跟什么人说出卓童的事,你下来都不知道是怎么下来的。"

见杜党生虽然极不情愿,但还是竖着耳朵听他说话,冉洞庭的底气又足了一点,他继续说道:"中央的某某人,不就是给儿女们买了点股票吗?留党察看,连候补委员都给抹了。你也是苦出身,靠自己干出来的,没多硬的后台,凡事小心点总没错。"

冉洞庭走了,但他还是把那份特殊的报告留在了大班台上,杜党生只觉得手中的签字笔足有千斤重,她考虑再三,还是用红头文件把它压住了。

第二天,杜党生叫晓丹陪她上了一趟溪流岛。

这里已是人去楼空,只有一户临时请来的村民看守房子和半截子工程。高出水面的水泥石柱是主楼的地桩,上面停着莫名的海鸟,岸边芦苇一样的植物已长了一人多高,就像当年样板戏《沙家浜》的布景。工地的萧条和岛上的冷清浑然天成,相濡以沫,像一幅后现代主义的绘画。

凌晓丹说,台湾客户已经撤资了,她现在在找新的合作伙伴,这并不是一件太难的事,只是人家一听说参与这个项目,先要背四百万的债务,谁还敢问津呢?!

"怎么会有这么大的亏空?"

"卓童没有经验,人家不骗他骗谁呀,他进的都是最贵的材料,还让人以次充好做了手脚,我给他请的工程师也让他气跑了。会计还坚决不肯清账,后来我带着我的会计来要求审核账目,这才勉强算出个数来,否则亏空还要大。"

"真难为你了。"

"杜阿姨您别这么说,这次是我的错,我不应该把他弄到岛上来。"

"你也是为他好。"

杜党生深深叹了口气,坐在杂草丛生的台阶上,眼前风景如画,可她愁肠百结,与其说她不想欠高锦林的人情,不如说她不想把国门的钥匙拱手相让。可是她想遍了她所认识的能开得了口的人,谁能一下子偿还一千两百万的债务?!

微风吹拂着她的头发,水面泛起粼粼波光,她觉得自己就像一块石头,即使再硬,即使一动不动,也在慢慢地被风化。

九

电话铃骤然响了起来,正在家看报纸的凌向权心里一怔,直觉告诉他这一定是他的电话,而且是非同寻常的电话。但电话机就在他夫人的手边,他硬要接不是太不自然了吗?也会令人生疑。所以他连头都没抬,聚精会神地看报。

果然,夫人连续喂了好几声,对方也没有动静。她挂上电话嘀咕道:"也不知道是电话的毛病,还是有人故意不吭气。"

"回头我找人来看看。"凌向权不经意地说道。

虽然他还是没抬头,但心思显然已不在报纸上。

他想电话一定是她打来的,给她家里的电话那也是不得已,因为办公室的三个电话,一个是专线,另外两个都需要总机转,说任何事情都不方便。他试过有自己的外线电话,可不出两个月,恨不得全市的人都知道,不仅有人打电话来投诉儿子被拐、老婆跟人走路的事,还有人接通电话后先哭二十分钟,他只好把外线电话撤了。

那天是高锦林约他到月亮楼招待所吃饭,说是公安部有领导下来,因为不是公事,只是想休息休息,就不麻烦当地的下级机关了。逢有这样的事,高锦林都会拉上他作陪。这是他愿意做的事,一是在月亮楼不会碰到外人,惹来闲言碎语,二是多跟上级领导沟通总不是一件坏事,好多人想跟领导见见面连点机会都没有。

他被引进一间茶艺室,房间布置得很精巧,光线柔和,清一色的明清家具,其中一个烟榻上铺着雪白的皮毛,配一个粉红色的靠垫,石褐色的砖地清扫得一尘不染。屋里不知用了什么香熏,淡且不腻,清雅宜人。

经理说,京城来的领导突然提出来要去新开的一家氧吧,高老板只好陪他去,至少要两个小时才能回得来,叫我们一定得招呼好您。

听了这话,凌向权有点不高兴,这不是把他晾在这儿了吗?两个小时,长又不长,短又不短,走留都不是一回事。

凌向权不快道:"你们这儿不是号称要什么有什么吗?"

经理彬彬有礼道:"氧吧还是新生事物,我们也在修建之中。"接着他说,"我们这儿的茶道不错,我就不多打扰了。"

经理走后,凌向权也想去办点事再回来,或者到附近的派出所转一圈,也算没浪费时间。他正待出门,只见一位画中人般的端庄秀美的高个女人,捧着一整套的茶具,婀娜多姿地向他走来。她穿一件琥珀色的硬领旗袍，扣子扣得密密实实，胸脯却异峰突起，一头大波浪的秀发用丝绒发带轻轻系住，她几乎没有化妆，但皮肤白皙，天生丽质，只涂了一点无色微亮的唇膏，目光从容稳重，颇有大家闺秀的气派。

她坐在凌向权面前开始洗杯、泡茶，一双洁白修长的玉手瘦不露骨，指甲修剪得整齐动人。她双腿并拢地坐下，旗袍的开衩处仍可露出象牙一般色质的美腿，简直把凌向权都给看呆了。"我叫庄静，你就叫我小庄吧。"她这样说，说完莞尔一笑。

凌向权并不喜欢妙龄的小女孩，他可没有这么重的青春情结，但高挑、端庄、不施粉黛的女人颇能让他心动。虽然他不好这一口，但老婆毕竟是老了，师道尊严还让她显得又老又凶。平常他工作忙，也没有闲心想这些事，可他到底是个男人，哪有男人在美女面前不动心的？他突然明白了高锦林的良苦用意。

但他还是有克制力的，他出生入死地建立功勋，不能毁在女人身上。尽管他觉得高锦林讲义气，够朋友，但还是不愿意有什么把柄落在他手上。

这时，庄静把一个细长的小杯子，双手递到了他的面前，他接过来刚要喝，发现里面什么都没有。庄静笑道："这是闻的。"他忙大力一吸，果然一股浓浓的茶香扑鼻而来，不觉叹道："这是什么茶？好香啊！"

庄静笑道："这可是神功圣茶，里面渗着极品的冬虫夏草，我又放了几颗高原玫瑰，才有这特殊的香味。"

说完，便把第一道茶送给凌向权品尝。

凌向权是个粗人，仍觉得这茶非同一般的甘美，他连喝了三杯，意犹未尽。

不知什么时候，庄静解下了头上的丝带，秀发瀑布般地洒满香肩。说来也怪，她越是沉着，越是没有搔首弄姿，袒胸露背，却越是让凌向权浮想联翩。他从她美丽的额头和双手，想到她曲线分明、肌肤如雪的身体，一种强烈的欲望像放出神瓶的魔鬼，不可抑制地让他热血沸腾。结果他喝茶喝出了一身汗，就仿佛他喝的不是茶，倒是春药。

这时庄静起身，用纸巾替他轻轻擦汗，凌向权也没想到自己一下子抱住了她。

这才是他想要的真正的甘泉，她静如处子，恰恰激发了他火一般的热情，让他最大限度地显现出男性的本能，他如饥似渴地冲撞着她的身体，忘记了整个世界……

疾风骤雨似的疯狂过去了，他在烟榻上睡了半个小时，睡得很沉，相当解乏。等他醒来，发现灯光已经调得很暗，他身上还盖着薄毯，只是庄静、茶具以及醉人肺腑的茶香悄然无痕，真是一场春梦。

不久，经理便来请他吃饭，他去了餐厅的小单间，见到了高锦林和公安部的领导。他发现和高锦林之间，有着男人的默契。高锦林什么也没提，并没有问他什么时候来的，喝茶喝得怎么样，甚至没有一个暧昧的眼神，这就让他自己也怀疑刚才到底做了什么，或许也就是一枕黄粱吧。

席间，公安部的领导说，他的立功报告批下来了，并且说现在上面普遍都很看好他。这让凌向权心里很畅快，他急忙向领导表示，他还在查枪的来源，估计能查出一个走私枪的团伙。但领导显得并不像他想象的那么起劲，又好像不经意地说，走私枪的事就不必再查了，听说这件事比较复杂，搞得不好我们自己下不了台。

凌向权听出了弦外之音，他也不便多问，但他觉得这顿饭吃得很重要，他可不想干吃力不讨好的事。

本来，他真的以为春梦无痕，可是才过了几天，也不知道为什么，庄静的身影便如出水芙蓉一般地浮现在他的眼前，挥之不去。他很清楚，月亮楼是无底深渊，一旦走不出来便是万劫不复，可是他就是想往那儿去。是啊，一世的功名不能毁在女人手上，可是出生入死地追求功名为了什么？难道是为了苦熬自己吗?!人生就这么短短的几年，能想女人，能在女人身上驰骋的又有几年？他以前什么都不想，什么都不干，那只能说明自己傻，看来重要的并不是干不干，而是别干出麻烦来。

庄静一看就不是那种死缠烂打的女人，再说高锦林也不会让月亮楼的女人起什么嫁人的心，他自有办法搞掂她们，要不然怎么会有那么多明白人去月亮楼而不在外面厮混呢?!

这样，凌向权免不了偶尔去月亮楼，跟庄静会上一面。

庄静还真是懂事,从来也不给他打电话,人心都是肉长的,他也对她倍加感念,豪情万丈的时候便给她留下了家里的电话。

这段时间他很忙,没有一点时间去月亮楼,但即便是这样,他也相信她不会随便给他打电话。会发生什么事呢?凌向权想不出来,所以心里才会打鼓。

电话铃再一次响了起来,还好,夫人去了厨房,凌向权急忙拿起话筒,是高锦林的声音,他暗自吁了口气。

"小庄怀孕了。"高锦林开门见山地说。

凌向权吃惊道:"怎么会有这种事?"

"都是正当年,有什么奇怪的。"

"她打算怎么办?"

"我劝她做掉算了,想不到她还真痴情,我看她是真的爱上你了,她想把这个孩子生下来。"

"那怎么行?!根本没有办法操作。"凌向权边说边转过身来,冷不丁地发现夫人就在他的背后,唰地激出一身冷汗。

"操作什么?"凌夫人问道。

"没什么,还不都是案子。"凌向权捂着话筒,冲夫人挥挥手,示意她出去。

高锦林在电话里说道:"也没有什么不好操作的,你如果还想要个儿子,我就把她搞到美国去。"

要说凌向权对庄静一点感情也没有,只是男女性事,那也是瞎话。正因为凌向权并非一个好色之徒，所以他在跟女人交往时也会情不自禁地投入真情实感。现在人家那一头不要名分，都肯给他生孩子，他的心头也自然涌动着万股柔情，怎么也说不出断然拒绝的话。

"好了，我知道怎么做了。"见他这头默默无语，高锦林便麻利地结束了这个话题，但他并没有挂电话，而是换了一个为难的口气道，"老凌，我这回真是有事求你了。"

"你说。"尽管凌向权明白，只要是高锦林向他开口的事，没有一件是好办的。但人家做事的确够哥们儿，自己关键的时候也不能往后退，所以他话接得特别痛快。

高锦林也不兜圈子，直接了当道："你想办法把雷子取保候审。"

"雷子？哪个雷子？"

"对了，雷子是他的外号，他大名叫曹春雷。"

"如果我没记错的话，他好像是有人命案。"

高锦林笑道："如果是偷鸡摸狗的小事我还找你干吗？"

凌向权想了想才道："我想想办法再说。"

第二天一早，他调来曹春雷案件的卷宗：死者是在海关工作的一位会计科科长，某一天晚上，身穿睡衣却在办公室内离奇死亡，身上缠绕着两道光身电线，皮肤上有电灼痕迹，但神态安详自然。详细案情记录，他穿着睡裤、背心和白衬衣，躺在地上，左手离墙边插座大约十厘米处，空调机边的插座上有一个绿色插头，引出一条电线连着插座搭在手上，整个左手都烧黑了。

死者的妻子认为丈夫绝对没有自杀的理由，他生性平和，对儿女关爱备至，既是个好丈夫，也是个好父亲。身边工作的同志也说，他工作认真，吃苦耐劳，退伍二十多年仍是一身军人的朴素打扮，同时保持着果敢明快、一丝不苟的军人作风。

现场侦查，死者身上的光身电线，是用花线剥去塑料皮制成，剥得齐整利落，电线接口处扭接十分紧密有条理，是专业电工才有的水平。而据死者家人反映，死者根本不懂电工。但令人费解的是，触电死亡怎能如此平静。该案的结论，第一不是自杀，第二死者的死亡地点不是第一现场。

然而这个案子因为没有线索，一直处于搁置状态。

但前不久一宗雇凶谋杀案告破，其中一个犯罪嫌疑人供出会计科科长案是曹春雷所为，警方在最短的时间内逮捕了他。曹春雷，男，现年三十岁，外号"雷子"，四川省遂宁市人。一九九二年因犯故意伤害罪被判有期徒刑四年，刑满释放后一直没有固定工作，时常参加打架斗殴，以下手又黑又狠出名。

凌向权想起来了，杜党生还专门为会计科科长的案子给他打过电话，叫他一定要抓住凶手，后来抓住雷子的事上了电视，杜党生看完电视又给他挂了电话，让他严惩凶手。

卷宗里还有一段雷子的审讯记录：

问：听说你很受老板器重，你的老板是谁？
答：我没有老板，一人做事一人当。
问：杀害无辜你没有心理障碍吗？
答：我没杀他，是他自己摸了电门。
问：你既然不在现场，怎么知道他是触电身亡？
答：我看了报纸。
问：有什么感受？
答：很失落。
问：不是你干的你失落什么？
答：不知道，反正若有所失。
问：我们有足够的证据证明这事是你干的！
答：那还审什么？该死就死，我还想看看天底下到底有没有报应。

有前科，又是人命案，还是这样的认罪态度，如何取保候审呢？！

凌向权陷入了沉思。

大约有一根烟的工夫，门外有人喊了一声"报告"，凌向权下意识地合上卷宗，整顿了一下情绪，才道："请进。"来人是刑侦大队的头儿，他兴冲冲地向凌向权汇报，走私武器案有了重大突破。

凌向权心里一愣，但不动声色道："到底是谁干的?"

来人道:"东泽国际的高锦林有重大嫌疑。"

"弄扎实了没有?"

"弄扎实了,我们突击搜查了非法出售武器团伙的一号头目的住所,他的文件里有汇往东泽国际巨款的存根。"

"何以见得这些钱是买了武器呢?"

"是他自己交待的,而且这个人从来不做其他生意,用他自己的话说是不熟不做,省得麻烦和危险,这批枪支至今还有存货,他还交待了他们在交接方面的细节。"

"你把案情记录放在我这儿,先回去吧。"

办公室里又只剩下了凌向权一个人,这时他的脸上才出现了愤怒的表情,他觉得自己被高锦林涮了!他是想当官,拉拉关系,搞点交易什么的,但他并没有完全丧失正义感,这是大是大非问题。他一直以为,高锦林无非就是想多搞几个钱,现在有这种想法的人不是满大街都是?那就得看各人的本事了,谁叫人家路子宽呢。想不到他还走私枪支,这是生灵涂炭的事,刑事犯手中有枪和没有枪那是两个概念。可他现在跟他有着千丝万缕的联系,看着他这么干,不是成了地地道道的警匪一家?!

没有任何一件事是没有预谋的,包括高锦林在他身上下的所有的功夫。他知道他总有一天会明白他到底是什么人,却也只能三缄其口。

凌向权迅速地换上便衣,他决定马上去找庄静,先说服她把孩子做掉，然后再想办法跟她一刀两断。他不能让高锦林这样的人牵着鼻子走。

庄静一个人披头散发地躺在月亮楼的宿舍里，面色惨白，哪怕是喝一口水都要吐出来，见到凌向权，她什么表情也没有。凌向权还见不得女人为他变成了这个样子，不禁责怪道："干吗不告诉我一声？"

庄静轻声道："我给你打过电话，是你老婆接的。"

凌向权无言以对，过了一会儿叹道："你这个样子还想漂洋过海？我看还是算了吧。"

庄静连说话的力气都没有了，半晌，眼泪自眼角滑落下来。

凌向权道："你怎么了？我也没说什么啊。"

庄静干脆伤心地哭了起来，用被子蒙住了头。

凌向权急道："就算有天大的事，你也说完了再哭。"

庄静哽咽道："你如果留下这个孩子，我还有机会离开月亮楼，否则，以后还不知道要陪什么人呢。"

凌向权奇道："我也没说不要你啊。"

庄静的语气淡淡的："还用说吗？都写在你脸上呢！你以前来，哪是这个样子？！不过看在我们过去的情分上，我也提醒你一句，抹掉我们难说能不能逃脱干系，我们高老板也不傻，谁到我们月亮楼来干过什么，都有针孔录像机录着呢。"

凌向权顿时傻了眼。

黑夜渐渐退去，黎明使这座城市像正在显影的照片，逐渐露出自己独有的轮廓，高楼大厦鳞次栉比，立交桥四通八达，道路还在沉睡，却已迎来了滚滚车轮，车水马龙是现代都市的重要标志。昨晚下了一场透雨，空气里出现了少有的清新。整个城市也像刚刚洗刷完毕之后那样色彩分明起来。

最终，它被像油画那样固定下来，似乎千古不变。

就在百里之外，在通往省城的公路上，一辆桑塔纳普通型轿车在急驶，昨晚的风雨在它身上留下了斑斑泥点，深灰色的车身显得肮脏不堪。开车的人是霍朗民，他衣衫不整，一脸疲惫中还有几分仓皇，他时不时地看看后视镜，眼中充满了警觉。

他是半夜离开 W 市的，当时正下着大雨，他认为这也是出走的最佳时间，他从家里出来，什么都没拿，穿着拖鞋，提着垃圾袋，垃圾箱就在车库的附近，他丢完垃圾，便闪进车库，以最快的速度打着引擎，桑塔纳轿车箭一般地冲了出去。他横穿整个市区，开上一〇七国道以后，紧绷的神经才敢稍稍地松弛一下。

雨刮器在吭哧吭哧地努力工作，单调的声音不觉让他回想起白天可怕的经历。

这是一个普通的星期六，他像以往任何时候一样，快中午时才起身，随便吃了点东西，便准备去探望父母，半年前，他和父母亲一起凑钱买了市郊的集资房，很快就搬进去了，虽然不是什么豪宅，但比原来宽敞很多，父母亲已很满意，而他乘地铁去探望他们也很方便。

和平时不同，逢至双休日，地铁里的人反而要比往常多，霍朗民买了份报纸，靠在四方形的石柱上，有一眼没一眼地看着。

还差一分钟，列车就要进站了，他把报纸卷了起来。霍朗民能在调查处工作，当年自然是训练有素，他完全是无意间发现一张面孔，陌生而又似曾相见，是个男人，平头，特征是没有特征，与众不同的是漠然的脸上有一股狠劲儿，令人过目不忘。他觉得这个人一直在注意他，可他又怎么也想不起来曾经在哪儿见过他。

突然他的脑海里闪电般地出现了一个姓名，雷子！他记得这个人！因为会计科科长死得太蹊跷了，他不可能不关心他的死因，而据说，一贯出言谨慎的会计科科长，在少有的一次喝醉了酒之后，说出他另有一本账，埋在什么地方，而这个地方除了他以外，连他的家人都不知道。不久，会计科科长就出事了，而杀害他的就是雷子，显然是有人指使他干的，电视里出现过他的镜头，这张脸他不想记住可他记住了，这也许是训练有素的结果。

杀人犯怎么会放出来呢？！霍朗民只觉得后背冷汗淋漓，湿了一片。名表案之后，他就接到过恐吓信，但他想这毕竟还是共产党的天下，他只需小心一点，不必信这个邪。可是雷子怎么会放出来呢？这让他怀疑黑势力的渗透到底有多深，有多广。

他的脑袋急剧地运转着，无数的疑问像雨后春笋般地滋长出来，为什么杜关长突然就改变了她的行事风格？特批了东泽国际申办保税仓的请求，利用这个保税仓，高锦林走私各种植物油、原糖，偷逃关税上亿元。杜关长的态度使冉洞庭有恃无恐，前不久，运送走私品的船只在到达巨澜港水道时，被海关缉私警察当场查获，他也急忙赶至现场，共缴获八个四十尺的集装箱，内装汽车、汽车切割件等物，核定偷逃应缴税款八百万元人民币。

跟上次查获东泽国际的走私油轮一样，冉洞庭出面命令他们放行，同样有人扔给他和缉私处处长两个信封，一个装着支票，另一个装着子弹。

东泽国际走私的一条重要途径是谎报来料加工，假如进的是手机，谎称为塑料米，然后弄一些烂拖鞋之类的塑料产品，告诉海关这就是初加工出口的东西，或者从乡镇企业找一些低劣的塑料制品拿去核销，在海关的账面上算是有进有出。

前不久，东泽国际以来料加工的名义进口一批市场紧缺的电子元件，卖了后就让海关用空货柜冒充加工成品出口。因为空箱太多，几个海关人员嫌贴出口标签麻烦，干脆将标签交给东泽国际的人，叫他们自己贴，贴完了装完了船之后，告诉海关一声就行了。结果这些空货柜在海上游了一圈卸到国外，再装上走私货品回到巨澜港。

杜党生那里先开了口子，具体部门便像决堤的洪水，无法阻挡。而且大家都这么干，谁要是讲原则反而被同事警惕，被人在脊梁后面指指点点，给你脸色看，给你小鞋穿。霍朗民也觉得这样做太过分了，可他同样恐惧来自同事之间的孤立。

　　本来他寄希望于杜党生，但她显然也有难言之隐。霍朗民权衡再三，觉得自己一个人是根本没有办法站出来抗争的。

　　可他为什么会被人盯上呢？他想，唯一的理由是他知道得太多了，许多部门的问题将在调查处汇拢，这样他就变成了最大的隐患。何况他还有查处名表案的光荣历史，保不准会不会把事情的真相捅出来去邀功请赏。在那些人眼里就这么回事，他只比会计科科长更危险。

　　就在这一分钟的时间里，霍朗民的脑袋已经开了锅，但他想不出他们在地铁里能干什么？这里人来人往，干什么能下得了手呢？或许他在被人跟踪，于是他决定不去父母家了，省得连累他们，他只坐两站就下来，确定自己是不是真的被跟踪了。

　　列车呼啸着进站了，霍朗民向前走去，他已经清楚地看到了列车驾驶员的面孔和车头上印着的红漆车号，是四位数的。也就在这一瞬间，他只觉得耳边生风，身后似乎有一股巨大的力量向他涌来，几只大手在他的背上猛击，假如他毫无提防，早已飞向车头，成为不慎失足跌落地铁轨道的游人，沦为轮下之鬼。幸亏他相当警觉,在最危急的时刻一屁股坐在地上,人们惊叫着抱怨着压倒在他身上,他没有了呼吸,骨头咔咔作响,但他知道暂时躲过了一场大难。

他离开地铁时,雷子早已不见了。

他去医院的急诊室拍了片子,有两根肋骨断了,医生说虽然不用开刀,但仍要复位,卧床休息。他犹豫了好长时间回不回家,在自己家的附近观察了好长时间才回到家去。

天已经黑了,他不敢开灯,这时黑暗好像更能带给他安全。他想,他们是不会放过他的,而且他也不知道他们是谁。他在明处,他们在暗处,会计科科长的死亡现场再一次出现在他的面前,光身电线、睡衣、烧黑的手臂、安详的面容,自杀?他杀?然后是雷子的脸,他无神的眼睛,冷酷的神情,接着是那股来自四面八方的力量,他看到自己凌空而起,还没来得及落到地上,已贴在地铁列车巨大的车头上,一同向前驶去,鲜血和脑浆一路飞溅,他的神经紧绷到了极限。

上午十点多钟,霍朗民敲开了省城反贪局局长家的门,早在半年之前,他已经通过若干渠道了解了这个人的简历和品行,家庭住址自然不在话下。正好是星期天,局长也刚起来不久,他接待了站立不住的霍朗民,但是霍朗民没有坐下,没有喝水,也没有说什么,他带着反贪局局长直接去了地下车库。

他打开泥水交加的桑塔纳轿车的后盖,连反贪局局长都震惊了,整个后备箱里全部是钱。通常我们看到的密码箱里的钱,相比之下微不足道,要知道轿车的后备箱里是可以塞下人的,有多少钱可想而知。

是的,霍朗民的确收过钱,他不敢不收,但也一分都不敢花,他知道总有一天这些钱就是他的命。

对于莫眉来说,乐极生悲简直就是她生命中的一句咒语。

她搬离了锦绣苑林,创下了入住时间最短的记录。那天,她坐在大众搬屋公司巨大的卡车上,还是她来时的那些东西,意大利沙发、三角钢琴什么的连同房子让给了新主人。她坐在自己的旧箱子上,看着锦绣苑林越来越小,最后浓缩成了一个大盆景,她知道在她有限的岁月里,再也不会出现这梦境般的辉煌了。

幸亏有大黄和彭树陪伴在她的身边。

彭树也是两鬓斑白,与热恋的时候相比判若两人。但他毕竟是个男人,还有几分天然的承受力,他伸手搂住莫眉的肩膀:"不如你先搬到我家去吧。"

"不!"他的提议被莫眉坚决地拒绝了,"亿亿会来找我的,找不到我她会着急。"

"莫眉,亿亿出事以后你还没有哭过,你还是哭出来吧。"彭树恳求地说道。

莫眉还是没哭,反而自信地说道:"她会回来的,那间小屋是她的家。"

彭树无计可施，他只好搂紧莫眉。

一周前，亿亿和卓童在一场意外的车祸中丧生。

最令莫眉无法接受的是，那天她跟亿亿大吵了一架，而亿亿是带着情绪开车走的，不久就传来了噩耗。莫眉根本没办法相信这个现实，同时又深信不疑是自己亲手害了女儿。

随着她们的日子越过越好，矛盾也越来越多，这似乎是生活中的一条铁律。没钱可以考验人的意志，有钱却能考验人的品行。莫眉一向认为自己是身经百战的，又是在文艺圈中混过的老将，可谓阅历多多，但她其实并没有过过一夜成名，一天暴富的日子，空有年纪说明不了什么问题，她在现实生活中仍旧是个小学生。

一天，她无比烦恼地说："亿亿，你的见报率实在太低了。"

"还低啊？！"亿亿大叫，"你想我怎样？登在头版领导人出访新闻的下面？"

"你已经有一个星期没上过报纸了。"

"一个星期很长吗？我又不是寻人启事，天天在中缝呆着。"

"可是太平凡了就不是明星。"

"这是我的风格，我喜欢低调。"

"你以为你是朱曼俏啊？你不可能有她那样的江湖地位，现在又是一个新人辈出的时代，你自己不用心，很快就会被观众忘记。"

"为什么要在戏外用心？你不是总是批评我们年轻人太功利吗？"

那是平凡岁月时的寄语，莫眉承认她说过很多这样的话，那时她也的确是这么认为的，像个胸有成竹、处变不惊的哲人。可是到了今天，为什么这些人生的座右铭都变得苍白无力了呢?! 剧虎的事是这样，亿亿出了名之后还是这样，她觉得自己所思所想、所作所为完全不是一码子事。

不久，报纸上又有了亿亿的新闻，比如她保护皮肤的秘诀，比如她爱收集什么小玩意，比如她崇拜自己的母亲，这还无伤大雅，报纸上还详细透露了她与男友的亲密关系，不仅两个人的生活照见诸报端，还有男友母亲不认可这段感情的细节。

莫眉承认是她给记者报料。

亿亿气得发昏："你以为这是帮我吗？你这是害了我！"

"我这完全是为了你好，我对我自己都没有这么上过心。"

"你之甘露，我之砒霜，你不要强加于人好不好！"

莫眉苦口婆心道："我也是好戏之人，我的基本功你连百分之一都及不上，可我现在混成了一个看狗员。仔细想一想，还是自己糊涂，艺人身在名利圈，不讲名利讲什么？可是名利的来源是知名度！没有知名度，很快就会被淘汰。翻开现在的报纸，哪个演员不是在紧锣密鼓地炒作！炒作！炒作！目前的游戏规则已经被打破，我们也得调整以往的做法。"

"我有实力！我用不着这样！"

"那是因为你得到这一切太容易。"

"你不觉得你这样做是在否定你的人生吗？"

"亿亿，也只有我，你的母亲，肯践踏自己的人生来帮助你建立美好生活。"

她们都从心底爱对方，但是这种爱已经变了味。从道理上说，谁比谁更对？从感情上说，谁又比谁更真？可是她们之间到底出现了她们自己都不愿面对的鸿沟。

这还不是最糟的，最糟的是莫眉在自认为十分正确的星妈之路上越走越远。有两个香港的经纪人来找她，他们要出一本只在港台发行的亿亿的写真集。莫眉觉得这是女儿的一个天大的机会，她完全没跟亿亿商量，一个人斗智斗勇，把价格一点一点地提高，直到她满意的价位，便签了合同书，并盖了女儿的私章，她相信女儿一定会惊喜地跳起来，同时对她的能力刮目相看。

亿亿接到莫名其妙的电话，要她排出拍写真集的档期，这才知道出了问题。

也就是在出事的那一天，她气急败坏地回到家中质问母亲：

"谁叫你背着我签什么写真集的？"

"不露三点，不穿透视装，这是我一开始就坚持的原则。"

"英文版你看了吗？你看得懂吗？妈，八十万港币你就把我卖了!"

"英文版上说什么了?他们说跟中文的内容一模一样。"莫眉也紧张起来。

"有三分之一的照片要露三点,还要有性感的动作。"

犹如当头一棒,莫眉愣在那里,人像凝固了一样。

亿亿冷冷地说道:"我要怎么说你才明白,这个时代已经不属于你,请你谢幕。"

"你怎么能这么跟我说话?我也是一片好心……"

"够了,再不要提你的好心,我也不需要了,我决定退出娱乐圈,我说到做到。"

"你为什么要说这么负气的话?写真集不拍就是了。"

"你以为人家是大陆,一本正经签合同,又谁都可以不遵守合同。人家是讲法的,要不就去拍,要不就赔钱,赔大钱。我不退出娱乐圈,我得有路才行啊?!"

说到这里,亿亿的眼泪滚滚而下:"妈妈,我知道你爱我,我也爱你,可是这种爱太沉重了,你对我寄予厚望,把我当成你重活一次的替身,这种铺张华丽的生活让你觉得你白活了,你给自己下了一个失败的定义,要在我身上重新开始。可我更喜欢过去的你,如果你不是那么单纯那么执着那么淡泊名利,追求一种最本真最实在的生活,彭叔叔他会爱上你吗?我们过去能有那么多快乐吗?"

"亿亿,你不是也发誓要过上最体面的生活吗?"

"可是成功改变了我,没想到它也改变了你。我终于明白了我想要什么。"

亿亿去她的房间，收拾了简单的行李，出来的时候，她手上多了一个手提袋。

她说："妈妈，我想出去住一段时间，不是跟你赌气，我只是需要片刻的宁静。"

她走了，她们都觉得这只是暂时的分手，生活和一切都会继续。莫眉完全没想到，亿亿将在她的生活中消失。

从家里出来，亿亿上了卓童的那辆草绿色的积架车，甚至这辆车也曾出现在娱乐版上，莫眉在阳台上，望着它绝尘而去。

亿亿最后的记忆里还保存着那惊心动魄的一幕，那时天色已沉，市郊的黄昏暮色四起，突然，车子剧烈地震动了几下，亿亿耳边充斥着一些复杂的声响，等她从惊恐中睁开眼时，只见许多笔直的树飞舞着迎面而来，车身蹭过了几棵树，她的身体也随之左摆右荡。终于，一声巨响，汽车前后左右所有的玻璃同时粉碎，亿亿也不知道自己撞到了车子的哪个部位，只记得头部向挡风玻璃冲了过去，又被吸了回来，她捂住前额，血像水一样喷射出来，漫过她的双眼和脸颊，滴在皮椅上像水滴敲击鼓面。

接着是红光一闪，她顷刻间被包围在火海之中，她摸到门想把它打开，但剧烈的撞击使车门完全变形，拼尽全力也打不开。

据说亿亿和卓童的尸体被烧得面目全非。

有关部门的勘察结论是：该车由于发动机机油注入量过多，而机油滤清器处没有拧紧，致使机油泄漏，附着在发动机排气歧管上，由于排气歧管温度很高，引起机油燃烧，最终导致车辆烧毁。

这当然是所有报刊娱乐版的新闻，幸亏当时没有狗仔队，否则他们一定会把最血腥的照片登出来。媒体是铁石心肠的代名词，越敬业就越冷酷，对于这样的消息，无从掩饰地奔走相告，成为他们共同的宝藏。他们不能总登林青霞怀上二胎，演艺圈重新流行紧身裤之类的消息，这他妈有什么意思?！现在他们可以从各个角度拍下出事地点，道路上的斑斑痕迹，烧焦的树，还有那辆肠子肚子都在外面，如一团烂泥的名贵轿车。与之相关的新闻可以无穷无尽。由于炒得实在太厉害，在市委宣传部的早茶碰头会上，一致决定发紧急公文给各大报刊，停止炒作有关这件事的任何消息。

但在茶余饭后，没有人不感叹这一对金童玉女的命运。

莫眉回到家中，破旧小屋里的一切陈设因为完全没法配合锦绣苑林的豪宅，便被用报纸和白布盖住。她们当初没把这里卖掉，是由于房子太差，卖不出什么价来，还有就是难以言说的记忆和感情。

当这些落满尘土的报纸、白布被揭开时，往昔的生活又还原而来。关于女儿的一切，汹涌澎湃地撞击着莫眉的心底，她终于相信她已离去，忍不住抱住亿亿睡过的枕头放声痛哭。

就在这一刻，望着莫眉抖动不止的双肩，彭树决定暂时留下来，他不能在这种时候离开她，她什么都没有了，包括她对生活的希望。她迟来的悲痛欲绝，重新勾起了他对卓童的深深的思念，那是一种刻骨铭心的血缘之爱，泪水蒙住了他的双眼。此时此刻，爱情对他们来说，只剩下伤心泪对伤心泪，断肠人对断肠人的涵义。

他是在殡仪馆见到杜党生的，她红肿着双眼，捧着儿子的骨灰。没有遗体可以告别，因为惨不忍睹，她对他说道。

莫眉也同样抱着骨灰盒，独自一人肃穆地坐在灵堂的一个角落，这时她只是呆呆的，好像并不知道发生了什么事。黄文洋来了，哭得满脸是泪，她也没跟他说一句话。杜党生向她走去，第一次对她收敛了傲慢的神情，声音也和缓了许多："我很抱歉，曾经那样对待你，对待他们的感情。我真的很抱歉。"莫眉一动不动地坐着，脸上没有任何反应，好像杜党生并不是在跟她说话。

那时她没有思维，即使有，这一切也不重要了，比起生命来。

看尽这绚烂之后的凋谢，繁华之后的冷清，莫眉始知，女儿的话是对的。她只是感到奇怪，她穷尽一生，历尽磨难才明白的道理，女儿怎么会在那么短的时间内就能明了，她到底走出了她的暖翼，她的视野。她的精神世界是她完全不能理解和体会的，也难怪这万丈红尘都没有能够留住她。

十

看守所的地铺高出地面大概有两尺的样子，铺着黄色花纹的地板胶，一溜可睡八个人。白天被褥就放在清一色的大型的编织袋里，一排靠在简易的物架上，腾出来的地铺可以在上面安坐或做一些手工劳动；到了晚上，才翻出铺盖来睡觉休息。

除了地铺之外，就只剩下狭窄的一条过道，房间是直通通的，像一块刀切豆腐，前门对着后门，后门外有一个十几平米的小天井，围墙有两人多高。平时后门上锁，节假日放风的时候才打开，可以在外面站一站，看看天。今天是普通的日子，后门紧闭，杜党生只好在地铺上靠墙坐着，看着同仓的难友在安装节日才用得上的小灯泡，它们藏在塑料制成的长满绿叶的常春藤里，一串一串地闪发出微弱但不甘心不耀眼的光芒。

蹲厕冲洗得很干净，不像人们传说中的那样臭气熏天，当然没有门，这里的一切都是暴露无遗的，叫它监仓很贴切，没有窗户，房顶奇高无比，所有小监的上方连通一气，外接高高在上的走廊，供狱警巡视，通过铁栏杆，各仓人的表现尽收眼底。

据说这是一间模范看守所，刚刚装修完毕，还有供人参观之功效。杜党生算是赶上了，否则她将在昏暗和恶臭之中，回想自己那些无数次回想过的事情。

每一个进来的人都要自报家门，这里什么人都有，贪污盗窃的，杀害亲夫的，参与制卖假钞的，邪教的辅导员等等，有一个年轻女孩长得还不错，白白瘦瘦还留着披肩发，她只能永远坐在床上，因为双脚戴着重铐，还用大铆钉铆在床铺上，吃饭和上厕所都得别人帮忙，解手就用医用的扁扁的便盆。她是死刑犯，正在等日子，是因为贩毒。

她并没有特别的表情，很安静，有时也装装小灯泡。

这里的人问杜党生到底犯了什么事，杜党生不说话。自进来之后她就一直不说话，无论是在审讯室还是在监仓，就像吃了哑药那样。

不过没有人敢欺侮她，大概因为她身上多年积蓄的官气和那种不怒而威的神情。

她们猜她是卖假发票的，稍微有点脑子的猜她是女强人携款潜逃。她在别人心目中也不过如此，杜党生心想，这真是始料不及。

事先她知道出了大事，凌向权恐怕是W市第一个知道这件事的人，他立刻就告诉了她，叫她要早有准备，而且他也密告了高锦林，使他及时地逃到了国外。这个人的消失是他们的一线生机，而且走前也销毁了大量的证据。或许不止一个人给高锦林通风报信，因为后来查出的几乎在同一时间内打给他的电话，有两个来自大街上的公共电话亭。

但是当专案组从外地调集的三百多名武装警察包围和搜查海关时，杜党生还是冷汗淋漓，双膝发软，脸都吓白了，这一幕会发生在她的身上，连她自己都觉得不可思议。

杜党生、冉洞庭以及相关的第一批涉案人员二十余人，被押解到某星级宾馆实行"双规"。尽管事先做了大量的补救措施，尽管作为第一把手，杜党生一开始就采取了不配合的态度，但这都于事无补，因为人心是没办法操练的，何况蝼蚁尚且惜生命，生死面前无英雄。专案组在海关召开大会时宣布，所有海关工作人员凡收受贿赂五十万元以下的不予追究刑事责任，主动坦白交待受贿事实，上交受贿资金，积极揭发问题的视为立功表现，可以减轻处罚。

局面马上就不是铁板一块了，到宾馆专案组来反映情况的人可以说是络绎不绝。

当然也有很多关键人物抱着侥幸心理，同时他们在党多年，深知引蛇出洞、秋后算账之手法，为什么要找上门去送死呢？！

但这一回中央好像是铁了心，并不是要做表面文章。随着暴露的问题越来越多，也越来越复杂，专案组的队伍一直在扩充，而且是从全国各地调援，都是素不相识的人，根本不可能说情和走后门。最后专案组达七百四十余人，成为共产党建立政权以来设立的最为庞大的专案组。

两个月以后,杜党生被押送到看守所来,接收手续显得十分漫长,令人痛苦不堪,她必须得排队等待,不能有一句怨言,因为这不是买豆腐。她被脱光了衣服,在若干女警的面前走进铁笼一样的洗浴室,冷水从四面八方向她射来,同时有明显的消毒水的味道。她身后有一个脱得精光但表情极端无所谓的女人说,我不想洗澡,你们安的是什么水管,跟刷车似的。女警呵斥她道,废什么话!谁不洗你都得洗,你还洗得干净吗?!你不嫌卖淫脏,别人还怕传染病呢。

与妓女为伍,这是杜党生压根就没想过的,"双规"毕竟是住宾馆,她也是单间,那种感觉和看守所完全不能同日而语。这儿就不同了,是另一个世界,她进来还不到三个小时,内心的自尊大厦已陡然坍塌,成为一片废墟。

她湿着头发,接到一套深灰色的囚服,左上胸印着两个白色的大字"一看",大概是表示她是第一看守所的犯人。接收的全过程就这样结束了,她甚至想象不出自己穿这样一身衣服的尊容。

这时,杜党生的耳边响起震耳欲聋的叫声:"管——教——好!"她吓了一跳,抬头望去,只见一个着狱警制服的人匆匆忙忙地通过走廊,根本没往监仓里看一眼,但是整个仓里的女犯全部都训练有素地原地挺胸背手,大喊一声。直到咚咚咚的脚步声远去,她们又开始干手上的事。

仓里还有一部电视机,每晚七点到九点放两个小时,其余的时间放的是看守所的条令,开关统一在管教的电脑控制室里。

这就是她的余生?杜党生想,假如她还有余生的话,她将在这里安装灯泡,高喊"管教好",在小天井里看看灰蓝色的天空,对每晚的电视节目渣都不放过。不过比起死来,这还是无比美妙的,不是有人不知犯了什么罪,律师历尽艰辛令他从死刑改判死缓,他便大笑了三天三夜吗?可见活着的魔力。

她会判死刑吗?这是每时每刻都在困扰她的问题,只要一闭上眼睛,便占据了整个脑海。无论出于什么原因,这都是死罪,而且不会有人关心原因和过程,结果是海关已成为东泽国际的一个部门,岂止是城门失守这么简单?!这在封建王朝,估计也是赐死。

说多错多,或许她一言不发,还能保住一条命。

凌向权也关在这座看守所里,不光是他自己,就连这儿的狱警一时都无法适应他角色的转换。曾几何时,他到这里来检查工作,哪回不是前呼后拥的,所长是他一手提拔的,更是忙前忙后。现在有的狱警见到他还想立正敬礼,完全是条件反射,虽然所长一直没有露面,但他还是被带到单间里,有小床睡,不用跟杀人犯挤在一张地铺上,而且他也破例可以不穿囚衣,穿自己的便服而已。

至今,凌向权还清楚地记得当他收到配合调查东泽国际走私案绝密文件时的情景，上面有中央领导的批示，譬如"杀无赦！""谁来说情，就说我某某某说的，先查他！""如果我某某某有问题，就从我查起！！"等等，这预示着此案的前景不容乐观，尤其是他自己，跟高锦林的关系非同小可，凌向权一夜没睡，反反复复想着可能出现的各种情况。

他也想过潜逃，但这无疑说明他的问题有多大，而且多年在警界服务，他深知东躲西藏、惊弓之鸟的日子根本维持不了多久，自己就会崩溃。

所以他决定第一时间叫高锦林走掉，这是开脱自己唯一的出路，如果高锦林被捕，后果将不堪设想，他会爆出什么内幕，真是天知道。然后他多次和杜党生碰头，商量如何渡过这次危机，包括可能出现的最糟的情况。

海关行动的第二天，数百名武装警察突袭了东泽国际集团公司和它下属的企业，查封了所有的办公室、车间，当然还有月亮楼招待所，带走涉嫌走私和行贿的骨干职员约一百七十余人。幸亏庄静不在其中。高锦林是言而有信的，他早已经把她和她肚子里的胎儿送到了太平洋彼岸，庄静到了那边，还跟凌向权通过电话。

他和庄静的事总算是神不知鬼不晓，这才保住后院没有起火，目前凌夫人和女儿以及律师都在忙着给他写申诉材料，她们坚信他是无辜的，而他自己也觉得罪不至死。摆在台面上的给高锦林的走私车开罚没证的问题，是经过党委讨论通过的，至于打电话通风报信，那也是公安部某位领导的意思。

不过他的如意算盘打得有点早了，专案组能把他送到看守所来，一定是有道理的。

就在搜捕东泽国际集团公司的行动中，专案组搜到一本送礼行贿花名册，里面将每个受贿收礼的官员的姓名、时间、金额和用途都做了详细的记录，涉及的官员有数百人，而凌向权自是榜上有名。再则，他包庇和强行终止的高锦林枪支走私案也浮出水面。

一位戴眼镜的律师不遗余力地往他这儿跑，核对有关事实，他对他说，他的夫人和女儿在有关部门的信访办手捧状纸，大喊冤枉。这情景让他心里很不好受，老婆还好说，跟了他一辈子，不说享了什么大福，至少是没受过罪，理应与他生死与共，但是他心疼女儿，晓丹是个好孩子，从小到大没让他操过心，长大成人以后成为他骄傲的资本。可是现在却要为他奔走呼号，忍受别人的轻视和白眼，他觉得自己最对不起的人就是晓丹。

律师还说，你女儿对你很有感情，她到我们律师事务所来送经费，出手很大，我们现在是一个班子在为你忙，目标是死缓，但争取无期。

凌向权是不会在人前表露感情的，但他还是忍不住叹道："是我拖累了她。"

彭卓晴在看守所里三天不吃不喝，被管教架着去医务室打点滴，她不肯配合，自己往外拔针头，医生只好把她的手用绷带绑在输液床上，还让一名管教守在旁边，这才打进了两瓶葡萄糖盐水。

她瘦得更厉害了，两只眼睛像小灯笼似的，脸色和唇色都极其黯淡，整个人像在沙漠中苦旅而又迷失了方向的人。

她和寇奋翔一块被请了进来，审讯时，她处处为冉洞庭开脱，把许多责任揽在万顺公司，而万顺公司又是寇奋翔做法人代表，意图是显而易见的。

可是冉洞庭又怎么是行侠仗义之人，一"双规"，他已经是三魂丢了七魄，马上就竹筒倒豆子，什么都往外说，而且说来说去，问题全在那一对母女，她们叫他干这干那，夹在中间皆因无奈。

专案组的人说，我们做过调查，据说杜党生是你的恩人，而彭卓晴又是你的恋人，事实恐怕不像你说的那样。冉洞庭说，组织上是培养过我，这跟杜党生并没有直接的关系，而她当一把手以后，大搞一言堂，专横跋扈，什么事都是她一个人说了算！单位里好多人见了她都吓得躲着走，她这样的铁腕不发话，我有几个胆子敢擅自行事？！至于说到彭卓晴，说难听一点她就是第三者，她明明知道我有老婆，死乞白赖地缠着我，不要说爱，我从来就没喜欢过她，她做人嚣张得很，又贪得无厌，这种人有什么可爱的？！我的家庭生活的确不幸福，但我就是离了婚也不会跟她结婚。我只是碍于她母亲的面子,也不想太伤她的自尊心,这样就做了一些违心的事。我想谁处在我的位置上都会觉得很难办的,我也请求专案组的同志体谅我的难处。

反而是寇奋翔的认罪态度比较好,有一是一,有二是二,他完全可以把责任推到彭卓晴身上,也合情合理,可他说杜党生是在他们家最困难的时候伸出了援助之手,就因为她跟他父亲曾在孤儿院一起长大,杜阿姨是个很念旧的人,搞通关公司是为了让他和他们家不仅不再窘迫,而且能过上好日子,而这期间她从来没拿过万顺公司的一分钱,还无数次的打电话给他,叫他遵纪守法,收点服务费而已,就像商务考察一条龙、出国留学一条龙那样,因为你们比较熟悉海关繁琐的业务。

他说,你们不要总往上比,要看到有那么多人下岗,生活没有着落,你们有事做,能稳妥地挣到钱已经很不错了。他还说他一直很喜欢彭卓晴,他觉得她的许多行为是因为单亲家庭带给她的心灵上的自卑和没有安全感所致,绝不仅仅是"发钱寒"那么简单。他希望专案组不要把她一棍子打死。

专案组的人说,你的命未必保得住,这件事太大了,你还管别人?!

寇奋翔说,可能是因为爱吧,我爱卓晴,也爱她的母亲。

彭卓晴不配合,许多事就不可能真相大白,而且只对冉洞庭有利,量刑毕竟是重证据的,丝毫不讲情面。

对于卓晴的执迷不悟，专案组的人都看不下去了，他们说，你不要再为冉洞庭开脱了，他是怎么交待的，绝对超乎你的想象。卓晴冷笑一声，把眼光移向窗外，这种离间的手法，她在电影电视上看得太多了。

迫于无奈，专案组的人只好把冉洞庭和寇奋翔两个人的审讯录音放给她听。

这之后彭卓晴便不吃饭，情绪低落到极点。

这时的彭树，也躺在医院的病床上，他再也承受不住生活给他的打击了。

当他得知前妻和女儿被捕的消息，犹如晴天霹雳。他想，是不是搞错了，她们好好的，怎么就给抓进去了呢？他相信她们很快就会没事，但得到的消息不仅不是没事，反而说她们犯了死罪，彭树只觉得眼前一黑，就什么也不知道了。

也难怪他着急，彭树是一介书生，平日里万事不理只埋头他的工作，不要说看守所，就是连公安局他都不知道在哪条路上，门朝哪边开，同时他也深信他不需要知道这些，因为一辈子都不可能跟他们打交道。现在前妻和女儿出了这么大的事，他真是万念俱灭，一点主意也没了。

他奄奄一息地躺在病床上，茶饭不思，愁眉不展。莫眉每天给他熬点粥、煲点汤送过来，费尽口舌让他吃一点，然后就陪在他身边枯坐。

她还托人去探听消息,所托之人众口一词地说,这是中央直接派人抓的案子,谁敢问啊?!不是找死吗!所以打听了一圈,什么消息也没有,人关在哪里也不知道。报纸上倒是发了一个通稿,所有的报纸上的文章几乎一模一样,标题是《东泽国际案:大走私必有大腐败》,文章说,这是一起新中国建立以来查处涉案金额特别巨大、案情极为复杂、危害极其严重的走私犯罪案件。首批二十五起案件涉及八十四人将一审公开宣判。杜党生的名字和W市市委书记、副市长的名字赫然打头,黑体字有铜钱那么大。

情形将会怎样不言自明。

一天晚上,窗外是凄风苦雨,莫眉陪在彭树的床前直到深夜。

彭树在沉默了很久之后,突然开口说话了,他说道:"莫眉,我不是一个坚强的人,我的内心其实是非常软弱和孤独的,我就是这样活下来,也是行尸走肉,你又何必跟一个废人在一起呢?爱情比天还大,但是比生命小,他们一个个地走了,特别是我的儿子,我的女儿,就算是我的前妻,我虽然跟她已经没有感情,但她是我的孩子的母亲,我无论如何不可能对她的死无动于衷。每每想到这一切,我还怎么活下去呢?!看在我们好过一场的分上,我请求你帮我买一瓶安眠药……"

莫眉其实并没有完全从失去女儿的痛苦中走出来,这种伤痛将伴随她惨淡的后半生。可是彭树又要承担新的痛苦，而且显然他已经受不起这接二连三的巨大打击，这不能不使她变得坚强起来，既然她爱他，既然她是女人，既然她曾经是一个母亲，她就得打开自己的心扉，先收拾起残酷的丧女之痛，帮助他走过这人生的大灾大难。

她说："你不能这么做。我当时也不想活下去了，可是你说，我还有你！就为了你这句话，我决定继续往前走。现在轮到我对你说，无论你的内心多么软弱，多么孤独，你还有我，如果你还能把我当成唯一的亲人，我请求你，不要离开我。"

彭树痛苦不堪道："我觉得全世界的人都在鄙视我，医生护士小声说话，我觉得他们是在议论我，我摆脱不了羞耻感。我们国家是一个要脸面的民族，你叫我还有什么脸面在别人面前抬起头来？！"

"我不嫌你，每个人都有自己的一生，即便是亲人也不能代替。"莫眉异常坚定地说。

彭树忍不住抱住莫眉失声痛哭。

在这之后，莫眉几乎寸步不离地守在彭树身边，不知不觉中，她已经成为彭树的精神支柱。在莫眉的关心和照料下，他的身体在慢慢恢复。

彭树出院以后，第一件要做的事是到看守所去探望女儿和杜党生，为了说话方便，他决定不让莫眉陪同，莫眉只是为她们准备了一些食品和在她想象中用得着的衣物。然而，彭树去了几次都没有见到她们，女儿是因为生病，起不了床，杜党生是根本不见他。

这天下午，彭树再一次来到看守所，但女儿的病还是没好，杜党生也还是不肯见他。他坐在探视大厅一隅，不知该怎么办。

这时他听见一个男人的声音，那个人说他要探视的人是杜党生，这自然引起了彭树的关注，他一直盯着这个人，心想或许通过他可以见到杜党生一面。

他想见她，就因为她是卓童和卓晴的母亲，无论出于什么原因，他能够理解她这个单身母亲的心情。他知道他帮不了她，可他们曾经共同生活过，又有了儿女，现在她面临一死，恩怨又何足挂齿？他也不知道会对她说什么。

那个男人同样被拒绝了，他也是满脸怅然地站在那里。

彭树向他走了过去，主动搭讪道："你也是来探望杜党生的？请问你是……"

"我叫寇杰，是她小学的同学。"

寇杰已经来探望过儿子，他这回是专程来看杜党生的，他也来过几次，均遭到了拒绝。

"我叫彭树，是她的前夫。"

"原来是这样。"

"我们都应该了解她，她说过，狼狈的时候不愿意见任何人。"彭树苦笑道。

寇杰主动提议："找个地方坐坐吧。"看上去他有点想跟人聊聊。

他们乘车离开了看守所所在的那片无比荒凉的地带,来到市区,随便找了一个酒吧,看见人不多,便坐了进去。可是真正坐下来,又无话可说,只能是面对面地喝啤酒、抽烟。

彭树是在卓童过世以后学会抽烟的,那么一个干净人,很短的时间内,浑身烟气,手指焦黄,与老烟枪没有任何区别。

至今,寇杰还清楚地记得他与杜党生的最后一次见面。

那天晚上,杜党生打他的手机,要求立刻见面,这是绝无仅有的事。他如约来到了一个很不起眼的咖啡馆,可是足足等了二十多分钟,杜党生才匆匆忙忙地赶来。

他对服务员说,要两杯柠檬茶。但杜党生说不,她要了两杯威士忌,并且笑着对他说,咱们俩还没有一醉方休过呢!但很明显,他觉得她的笑容十分勉强,甚至可以说是强颜欢笑,看上去让人很不好受。

果然,过了一会儿,杜党生突然对他说,洪炉,我可能要出事。

你会出什么事?

一句话两句话也说不清,所以这么着急把你约出来。

他还是那句话,你会出什么事,就连我太太都说,杜关长这个人,一看就知道不会犯经济上的错误,也不会犯作风上的错误，至于政治上的错误，那就更不会犯了。说完这话，他自己还笑了笑。

杜党生根本笑不出来，她也没接他的话，只是说：洪炉，如果我做过什么对不起你的事，你一定要原谅我，我的确是出于好心。

现在想来，她是指奋翔因为通关公司被收审这件事。但当时他完全不可能领会，只是打断她道，你胡说什么呀！

他们要的洋酒送来了，她先喝了一大口，然后侧过头去，望着窗外霓虹闪闪的街道和街道上流淌不息的灯河，眼中充满眷恋和少有的温柔。她没有看着他，可是在跟他说话，她说，我真的很感谢你，洪炉，你让我觉得自己是一个真正的女人，也让我相信了人是可以心灵相通的。做人是有今生，没来世，我这个人一生都不浪漫，更不会说什么感天动地的话，我只是希望我走了以后，你有空的时候还能想起我来，如果想我的时候就看看这个。

她递给他一个布包，布包是一块用旧的男用手绢，好像是他什么时候遗落在她那里的。他也依稀记得她对他说过，现在谁还用手绢啊，早就用纸巾了。他打开手绢，里面是一本破得不能再破的《新华字典》。

他直觉她出了大事，她是一个不善于表达感情的人，从来也没有在他面前说过什么，流露过任何儿女情长的东西，可是这会儿一下子说了那么多，都是些生离死别时才会说的话。她会出什么事呢？以她的位置，工作环境，包括所处的时代都不难设想，然而他人微言轻，他至多能拉住她的手安慰她几句，这有什么用呢？

他也想过叫她自首、退赔或者干脆人间蒸发。可是以她的聪颖、果敢和能力，这些是不需要他来提醒的。

他觉得内心无比酸楚，就像眼睁睁地看见心爱的人溺水，却又在遥不可及的地方发不出声音地空喊。

很长时间，他们只能默默无语地相对而坐。

最后，他说，喝个交杯酒吧。然后象征性地与她交换了酒杯，他看见她的眼里有泪。

"我只是觉得，"寇杰突然大声地对彭树说道，"我只是觉得她活得太苦太累，没有人真正帮过她，也帮不上她。她就像一棵圣诞树，只是身上挂的不是新年礼物，而是责任、义务、情分和感念。如果她冷酷一点，贪婪一点，真的是卑鄙无耻、薄情寡义、视财如命的人，倒也死得其所。"

彭树一言不发地看着寇杰，他承认他其实并不了解杜党生。

她站起来，理了理头发，跟着狱警来到长长的走廊上。走过一道就被紧关一道的铁门早已不用钥匙，是根据警员的指纹感应的，可以说只要来到这里便是插翅难逃，即便是这样，看守大楼还是修得跟迷宫一样，七兜八转,就是让她大摇大摆地重走一次,也必定糊涂。而且每道过口都有荷枪实弹的岗哨。

杜党生再一次被带到审讯室,这里对她来说毫不陌生,几乎每天必到,甚至几个来回,但她仍觉得今天的感觉有点异样,又说不出什么具体的来,大概是专案组专门审理她的那个人,脸上有一点不易捕捉的悲天悯人的神情。其他的人,表情也是怪怪的,与他们以往坚决要攻克她的心境不大相同。

她从心里感到不以为然,这些在清水衙门里工作的人,最喜欢整治贪官,以泄心头之愤,如果和她调换一下位置,保不准是什么货色,不过以她的党性,审理别人的时候,一样不会手软。

专案组的人开口了:"你今天还是准备一言不发吗?"

她看了他一眼,用一言不发回答了他的问题。

她现在比刚进来的时候好多了,人都有一个适应的过程,何况她是一个秉性坚强的人。

这样对峙了一会儿,专案组的人说:"好吧,我们本来不想告诉你的,你的女儿彭卓晴自杀了。"他说话的声音的确有些沉重。

他的,他们的表情让她相信这是真的,有很多东西可以伪装,但有的却是根本无法掩饰的。她听见那个人继续说道:"她在医务室输液时藏了一块玻璃片,半夜在被子里割腕,没有被发现。"他的口气似乎更看重的是他们工作的失误和不好交待。好像她是他们的领导,正在听发生重大事故的汇报。

事实上,她只觉得全身的血液降到了冰点,她感到一种彻骨的寒冷,她下意识地抱紧双肩,但这丝毫不能抗拒死亡一般的寒意;紧接着,灰色的墙壁开始倾斜、旋转,而她的精神世界同样在坍塌、崩溃,这一切交织在一起,那种轰轰烈烈的声音此起彼落,不绝于耳,终于,她被掩埋在一片无光无色坟墓一般的废墟里。

不知过了多久,他们递给她一张揉皱的、血迹斑斑的纸条,那上面写着:"我对不起我妈妈,是我害了她,她是一个好人。如果奋翔也是死,我想跟他埋在一块。彭卓晴绝笔。"

她感到一种万箭钻心的痛,没有人能够理解她有多爱她的女儿,并不表现在甜甜蜜蜜和无微不至上,那是深藏在心底的爱,是随时可以献出生命的保护,就因为她是一个孤儿,就因为她是一个单身母亲,就因为卓晴她从小就不在她的身边,她对她所有的歉疚都化成了爱,可是她没有把她教育好,而把她送上了一条不归路。

傻孩子,你以为你这么做就能救我吗?!你太年轻了,事情绝不像你想的那么单纯,是的,你和卓童让我伤透了脑筋,你们给我的对手创造了一个又一个机会,事实上是你们和他们合力在我的心脏插上了匕首。可这也还是冰山一角,比起我抽屉里含金量极高的字条,比起我接到的来自某办某办的电话,比起军方的一个指令,你们算什么呢?我那时候就知道,有些事你不做,当时就死，做了，现在死。

结果是一样的，原因不同，过程不同而已。

可是你还是想救我，母女连心，你知道错了，甚至愿意拿出生命来补救，你怎么会傻成这样！你这不是往母亲伤痕累累的心上撒盐吗？！

杜党生发出的隐忍的哭声，像原始森林里传来的野狼失子时的哀鸣，如泉的泪水在她的脸上纵横，就连专案组的人都无不为之动容。

彭卓晴在医务室抗拒打点滴时，混乱中踢倒了输液架，打碎了一个葡萄糖盐水瓶，医务人员及时做了清扫，却有一片碎玻璃遗漏在输液床的下面，她在系鞋扣时把它藏了起来。直到有一天深夜，她在不动声色的情况下，完成了她想完成的事。早晨起床的时候，被同一监仓的人发现她安睡在血泊之中。

再也不会有人知道，她在了结自己之前的所思所想，她恨冉洞庭吗？她懊悔不已吗？她爱寇奋翔吗？但有一点可以肯定，她爱她的母亲。

几天以后，杜党生开始说话了，而且有问必答。她是海关的一把手，对于许多问题的大白于天下起着举足轻重的作用。

公审大会那一天，她起了个大早，仔细地洗了洗脸，还擦了一点润肤霜，头发梳了又梳，还是不太顺从，她的头发浓密但发质比较硬，没有吹风筒就很难打理好发型，也只有将就了，最难看的是囚衣，皱皱巴巴的像面粉袋,但这个问题是不可能解决的。

果然,她一走进公审大厅,就看见了坐在听众席第一排的洪炉和彭树,这两个男人呆如木鸡地看着她,大概从来没想象过她沦为囚徒是什么样子。这是她生命中的两个男人,一个跟她有了孩子,另一个是她风雨兼程时的港湾,她感谢他们,让她有了一个完整的人生,她很满足。

至于他们怎么想,这已经不重要了,女人是男人的花边,男人也可以是女人的点缀。这是一个女强人、弱男子的年代,你只有一丁点都不指望他们,才能得到真正的泰然自若的平衡,尽管你会在大灾难面前感到是何等的单薄无依。

杜党生,受贿罪,放纵走私罪,情节特别严重,一审被判处死刑,剥夺政治权利终身,没收个人全部财产。

凌向权,受贿罪,滥用职权罪,案发后为高锦林通风报信,一审被判处死刑,剥夺政治权利终身,没收个人全部财产。

冉洞庭,受贿罪,放纵走私罪,情节特别严重,一审被判处死刑,剥夺政治权利终身,没收个人全部财产。

彭卓晴,走私普通货物罪,数额特别巨大,情节特别严重,一审被判处死刑,剥夺政治权利终身,没收个人全部财产。鉴于她已经因病死亡,免于执行。

…………

寇奋翔,走私普通货物罪,因有自首情节,一审被判处死刑，缓期两年执行，剥夺政治权利终身，没收个人全部财产。

…………

公审结果共计十一人死刑，三人死缓，十二人无期，其余五十六人分别被判处有期徒刑。

死刑犯中有十人决定上诉，杜党生是唯一没有提出上诉的人。卓晴死了，在巨大的悲伤过去之后，她竟有了一种如释重负的平静，对待生死也有了超乎寻常的坦然。

她破例接受了记者的采访，回答相关的问题，在提到临别感言时，她语气和缓地说："好人也怕坏人磨，每一个善良的人都不要以为，腐败只是发生在别人身上的故事。"她的话被引用在各种各样的文章里，影像出现在各种电视节目上，一如破获名表走私案大出风头时的频率。她对党还是有感情的，知道怎么说话可以达到教育全体党员的目的，这次也一样，像上面提倡的"无车日""健身日""放下你的棍子""百鸡宴"等等一样，她愿意现身说法，最后为党做一点事情。

她开始默默无语地安装灯泡，放风的时候尽可能扬着脸，自然之景，哪怕是空荡荡的天空，都让她心驰神往，追忆起她所见过的最为旖旎的春光秋色，似乎都可以保存下来，保存在心底。她看上去更像是在等待一个日子，她将去探望女儿，据说那里是不需要吃喝的，并且一团漆黑，她可以把图画一般的美丽讲述给女儿听，因为女儿从小就怕黑。

她也主动给贩毒的死囚犯送饭或者端尿盆,因为她将坐在这个位置上,戴着重脚铐,整个人铆在地铺上,她也需要别人为她服务,当然不是指望死人,却是做给活人看的。

她至死都是一个务实的人。

十一

春去春归,两年很快就过去了。时间真是一件奇怪的东西,它可以使很多纷纷扬扬的景象恢复常态,也可以医治无数人内心的伤痛。

不知道你注意了没有,有时有些惊心动魄、千曲百折的故事似乎已经要落下帷幕,却只是这个故事的开始。其实你并不想拍案惊奇,常常是简单的故事更能发人深思,寓言多半是深刻的。可是这种情况的确存在,或许因为太过离奇只能让人们停留在故事的表面,这是让人感到悲哀但又无奈的事。

东泽国际走私案的事已经不大被人们提起,这个冠之以好几个"最"字的案子好像很快就被后来者刷新了。如果以这个速度夺奥运金牌,国人得扬眉吐气成什么样子?!事实证明,一审被判处死刑的人上诉全是白忙,很快他们就跟杜党生一块伏法了,假如有坟的话,坟包上也该长出了茵茵的绿草。

莫眉和彭树两个人过着相濡以沫的日子,他们就住在莫眉的小屋里，与世隔绝，因为这里要比彭树的住所僻静很多。他们不想跟任何人打交道，尤其是彭树，他已经完全进入了隐居的状态。只是不知是什么原因，他们始终没有登记结婚，大概是共同度过风雨的人就真的不在乎那一道手续了。

大黄和来福被一并送到了爱心驿站。

生活本身是没有色彩、淡而无味的，尤其他们被那么沉重的阴影所笼罩。但是在精神上，他们是彼此依存的唯一。有时莫眉会想，他们在一起的代价实在太大了，上帝是不是非要看到他们穷途末路，才肯让他们找到自己的另一半?!

那些浪漫的东西早已烟消云散，剩下的是渔夫农妇般交往的方式，有一次彭树去图书馆查资料，回来得晚了，浓浓的夜色中，借着路灯的微光，远远地就看见徘徊在路口的莫眉。可是见到他时，她却没有埋怨一句，只说，我们回去吧。

他们过着无欲无求、相依为命的日子。

一天，莫眉正在办公室为一个要暂时出国的客人办理宠物寄托手续，在做常规登记时，她突然听到了来福奇怪的叫声，她可以分辨许多狗的叫声，这一点也不奇怪。问题是来福的叫声几近凄然和哀求，她跑出了办公室，循声望去，只见来福在驿站的大门口，对着一个远去的背影声嘶力竭地狂吠。

那背影已十分遥远，后来上了一辆计程车。

莫眉像被电击了一样,站在原地动弹不得。因为从背影上望过去,这个人实在太像彭卓童了。

她当然不会相信人能死而复生,但是来福应该是不会认错人的。

这个问题一直困扰着她,接下来的日子,可以说她是在跟来福一块等待。来福经常独自在驿站门口徘徊或静望,尽管每一天的结局都是失望和落寞,但它仍耐着性子,望着空无一人的远方。来福反常的举动,令莫眉不得不去深思,这个人到底是谁呢?她希望这个人能再一次来到爱心驿站。

可是,来福等待的人再也没有出现。

一个阴雨、潮湿的下午,天色比正常时的光线要昏暗一些,法国某保护动物基金会的首席代表在翻译和若干随从的陪同下,来到爱心驿站视察。站里的人几乎全部在院子里,介绍和讲解各类问题,彼此如遇知音,交流得极其友好和深切。

谁也不会想到,惨剧在这一刻发生了。一阵凉风徐徐,法方代表竖起风衣的领子,但他风衣的衣角仍旧随风飘起,内里和衣领背面的方格布,是英国博柏利闻名于世、最为经典的图案。仅仅是这个不经意的动作,仅仅是几个咖啡和黑色交织的格仔,不知这是否引发了来福极为痛心的联想,它突然狂奔而来,向法方代表猛扑过去,一通撕扯、乱咬……

人们百思不得其解,来福为什么要毫无因由地咬站里的贵客？它沦为一条疯狗。

它被关了起来，和阿扁、秀莲在一块。笼外挂着木牌：不适宜领养。

法方代表住进了医院急救室，他的律师多次来到爱心驿站，来福成为被告，因为连带关系，爱心驿站成为第二被告。

大概这是一个涉外的案子，所以没有旷日持久地拖下去，判决很快下来了，爱心驿站要为受害者提供赔偿，来福则是将被处死。

站里没有人对它的死惋惜，因为它咎由自取。就连彭树对这件事也没有流露出太过悲伤的情感，可能是他失去的亲人太多，一条品种高贵的狗也只是狗而已，已经不能在他麻木的内心激起波澜。

莫眉来到来福的面前，在笼子旁边席地而坐，她看着来福的眼睛，她也不能理解，来福为什么会有这种举动？

来福再也不是一条从容而高贵的狗，它神情暴躁，眼露凶光，在笼子里也显得焦虑不安。只是在莫眉特有的目光下，它才停止了超短距离的踱步，笼子能有多大呢？它的踱步像是在首尾相接地绕圈子。

它终于安静下来，以同样哀伤的目光回望着莫眉，仿佛已经知道死期并不遥远。他们在沉默中交流着。

你为什么要这样做呢？

你不会明白的，永远不会。

你要相信人的理解力。

就因为你是一个人,而我只是一条狗。

至少你应该让我明白,我的前世或许就是一条狗。

我不会再相信人了。

为什么?

因为背叛。你懂吗?我宁肯沦为一条疯狗。

这时莫眉的记忆开始了迅速地闪回,她想起了法方代表的那件风衣,这经典的格子她见过的,来福和卓童曾经有一套情侣衫!

这想法让她感到五雷轰顶,如果彭卓童还活在这个世上,那就说明亿亿死于谋杀!

很长时间,她停止了呼吸,在正常情况下,人是感觉不到心脏在跳动的,但此时,她觉得它怦怦作响,几乎从胸口喷薄欲出。

无数的疑点在她的脑海里盘旋,为什么她没有见到彭卓童的尸体?为什么卓童出了这么大的事,他的那个叫凌晓丹的女朋友却没有露面?杜党生也是一个单身母亲,怎么可能在突如其来的痛苦面前,跟她说什么我很抱歉?!假如是发生意外,有什么可抱歉的?!抱歉是什么意思?!神秘的来访者如果不是彭卓童,来福怎么会误认为自己被遗弃而变性?!而以卓童的性格来分析,他是不可能忘记来福的,这或许是他浮出水面的唯一的原因?!

她那颗伤痕累累的心被这些问题撕咬着,下班回家以后，她给彭树做了饭，自己却一口也没吃。彭树关切地问道："你怎么了？出什么事了吗？"

她说："没什么，我有点不舒服。"然后就早早地睡下了。

当然她并没有睡，也睡不着。一闭上眼睛，亿亿的音容笑貌便清晰地出现在她的眼前，泪水再一次奔涌而出，打湿了枕巾。

这样想一阵哭一阵，哭一阵想一阵，直到半夜三更，她才昏昏沉沉地睡过去，亿亿再一次来到她的面前，她对她说：我走的时候很孤单，我想你，也想卓童。

莫眉"霍"地一下从床上坐起，冲着身边熟睡的彭树神经质地大叫："你告诉我！你老老实实告诉我！"惊醒的彭树吓坏了，他一睁开眼睛，看见的情形是莫眉跪在床上，零乱的头发披落下来，有几绺头发挡住了她的脸，但他仍可看到她眼中的泪光。

"你怎么了？你让我告诉你什么？"

"你告诉我！"莫眉一把抓住彭树的胳膊，就像精神病人那样两眼发直地盯着他，几乎令彭树不寒而栗，她态度却异常诡秘地说，"是不是彭卓童还活在这个世界上！你们都在骗我！骗我！！"

她的喊声因夜阑人静而显得很响亮，彭树下意识地捂住她的嘴，顺势把她紧紧地搂在怀里，他轻声地安慰她："莫眉，你做梦了，仅仅是做梦而已。没事的，有我在这里……"她伏在他的身上喘息，也仿佛是在梦魇中醒来。

她喃喃自语地说道:"我很害怕,你不要离开我,不要离开……"

"我们永远都会在一起。"他说,那时他毫不怀疑这一点。

谁会相信她呢?手上没有任何证据,只有一个神神叨叨的故事。这个世界上的故事太多了,连现实都懒得关心的人们,怎么可能对一个故事感兴趣?何况这个故事发生在两年前。

来福被处死了,它的劣迹被登在报纸的社会新闻里,教育养狗的人士管好自家的宠物,否则来福就是它们的下场。相信彭卓童再也不会到爱心驿站这块伤心地来了,莫眉心想,不但不会有线索,就连希望也没有了。

一天,让莫眉感到非常意外,剧虎到爱心驿站来了,跟他一块来的是一个女名模,他们显然是一对恋人,而且看上去很般配。女名模要把一只吉娃娃品种的狗寄存在驿站。剧虎解释说,是因为他们要一块去内地巡回演出,时间比较长,家里人也不愿意再帮忙了,想来想去,只好送到这里来。即使花点钱,只要不求人就好。

见到剧虎,莫眉自然会想到亿亿,如果她还活着,也会像剧虎一样,长大了两岁,成熟了许多。她脸上的苍茫让剧虎一时不知说什么好,他没头没脑地说:"我很难过,真的很难过。"莫眉拍了拍他的手臂,一声不响地离去了。

剧虎知趣地没有再来打扰她,莫眉来到院子里,坐在她无数次坐过的石凳上,大黄跑过来,静卧在她的脚底。她陷入了深深的自责之中,并不是亿亿一定要留在剧虎的身边,但不可否认的是,她首先向金钱妥协了,她被彭卓童的财富,被他的神通广大迷惑得失去了方向,后来的事实证明,彭卓童的财源只不过是有一个当海关关长的母亲,这在当时并不是一件很难弄清的事,可她完全不予理会,她更愿意相信她看到的实实在在的钱。很快她就知道了他的底细,可还是编织了许多光环罩在他的头上。她应该规劝女儿不要相信那些没有根基的荣华富贵,可是钱,很多很多的钱,让她反过来为女儿庆幸。她是一个多么不称职的母亲,如果彭卓童害死了女儿,那她也是凶手之一。

为此,她痛恨自己,并且在心底发誓要让女儿的灵魂安息。

也就是在这一刻,她多么希望有人接过她身上一半的担子,她只是一个女人,一个失去了女儿的单身母亲而已,怎么可能像西片中的孤胆英雄那样回天有力?!可是,谁会相信她呢?如果她去报案,人家一定认为她是疯子,而她身边最亲近的人,也不可能相信她的一个推断。有时她看见彭树突然停下手头的工作,发呆,长久的发呆,有时她扫地,会陡然发现三个孩子的照片前放着一只白色信纸折成的千纸鹤。可他再也不跟她诉说心灵的痛苦,生怕触动了她本来已十分脆弱的神经。她相信彭树并不知道彭卓童还活着,而且她的坚持只会带给他更大的痛苦。

没有人能帮她,要么大海捞针,要么沉疑心海。

她决定从杜党生着手,想办法找到所有写杜党生的报道,因为当时她的死轰动一时,生前死后都被记者仔细地剖析过。她希望能够在文章里发现点什么,但她来回读了这些文章,似乎并没有蛛丝马迹,文章里提到一个湘姨还住在老人院,她决定去走访一下,或许能有意外的发现?

莫眉没有见到湘姨。老人院说,湘姨在半年前去世了,死后她的账户上还有一笔数目可观的钱,是杜党生进去之前为她存上的,这是亲生女儿也难想到做到的事情,他们至今也不相信杜党生是个贪官。

每一天都是在苦思冥想中度过的,她想起了捞仔,她曾经坐过他开的车。他是杜党生的司机,最了解杜的行踪,又跟彭卓童保持着比较密切的关系,有些事是很难瞒过他的。

海关的门卫说,两年前的事他也栽进去了,虽然没在媒体上露脸,也判了十二年。

莫眉去了监狱,捞仔出来见她,剃着青皮。

她一向认为人的第一反应是最真实、最直接的。所以她说:"我想来了解一下彭卓童的情况。"

"他不是死了吗?"

"前些天我看见他了。"

"神经病。"捞仔站了起来,他不想跟她啰嗦,而且他的反应无懈可击。

她也无话可说,提起放在地上的一袋食品递了过去。

捞仔接过食品,脸上的表情缓和了一些:"你是在梦里见到他的?两年了,去给他们俩做一场法事,光孝寺比较好,他们安宁,你也安宁。"

一天,她翻亿亿的遗物,有一本名片簿,她又仔细看了一遍,其中有一张凌晓丹的名片,这令她如梦初醒,她没有想到的恰恰是一个最重要的人。为了不发生意外,她决定请人跟踪她,反正现在有的是追查地下情人、包二奶的不忠丈夫的确凿证据的民事事务所。只要彭卓童还活着,能够对他提供帮助的只有一个人,这个人就是凌晓丹。

她的想象力太有限了,凌晓丹的公司还在,但是她已经转让了全部股权,在一年前飞往了加拿大。

穷途末路,无计可施,她就在大街上乱走,哪儿人多就到哪儿去,迎着一群一群陌生的面孔,希望能撞上那一张熟悉的脸。

她在电视节目里看到,一个女孩为了寻找走失的弟弟,得到了许多人的帮助,仍旧没有如愿,但她为了回报社会,回报这一份感动,注册了一家寻人馆,用她的热心来帮助别人,收费也十分合理。莫眉第二天就找到了这家寻人馆,地方不大,条件也很简朴,她提供了彭卓童的照片和简历，只说他是离家出走的，希望知道他的哪怕是一丁点线索。女孩非常理解她，她说她会用一切民间的形式来寻找她的亲人，包括上网，发信函，也包括最原始的张贴寻人启事，只要这个人尚在人间，就不可能没有人见过他。

女孩为彭卓童专门制作了网页，在很短的时间内就有了反馈：

  死亡。
  死亡。
  此人于两年前死于车祸。
  确切死因：车祸。
  两年前与当红影星莫亿亿同时遇难。

还有人提供了当时报纸上的图片和内容。

莫眉每天早出晚归，行为诡秘，彭树不可能不看在眼里。终于有一天，莫眉匆匆忙忙地准备出门，彭树叫住了她："我今天约了一个心理医生，我们一块到他那儿去。"

"我不想去。"

"不是想不想的问题，是我们都需要，我们需要心理辅导。"

"我不需要。"

"你还不需要？！我观察你很多天了，莫眉你现在变得很反常,你在大街上毫无目的地乱走,我看了真揪心!这样下去早晚有一天会出事的。"

"我反正不会去看医生,我所经受的苦难,足够辅导他们了。"

"不要不相信科学,也不是灾难深重的人就懂这门科学。"

莫眉突然咆哮起来:"可是我懂我自己!我懂我的心!而这颗心在滴血!"

彭树再一次走过去,无声地拥抱了她,抚慰地、轻轻地拍着她的肩膀,像对待婴孩那样。但他还是小声地、恳求地说:"我们这样下去不行,莫眉,无论多么严酷的现实,我们总得面对。"

莫眉不再说话,已是泪流满面。

她不知道该怎么跟他说,这个世界要多大就有多大,可是她要找的却是他的儿子。

列车是在正午时分进站的,四季如春的昆明刚刚下了一场薄雪,万物的表层都结上了半透明的仿佛触手即化的冰凌,宛如神话中的世界。据说这是二十多年没出现过的景象了,不知对他来说,将预示着什么?!

他以前从来没有到过云南,这是一个令他感到完全陌生的城市,没有人来接他,也没有人在什么地方等候他,即使到了华灯初上的夜晚,同样没有一扇温馨的窗口属于他。

他独自一人，背着他的行囊，登上了长途公共汽车。

山路，几乎千篇一律的山路在眼前延伸，车速很慢，平行时也只有五十公里，如果上坡就只有三十公里了，而且还气喘吁吁，随时可能罢工似的。汽车的颠簸让他感觉到道路的起伏不平，一路的风景虽然秀美，但仍旧给人落后、贫穷、荒蛮之感。

这个人就是彭卓童。

那天晚上，他只不过多喝了几杯，便沉沉睡去，人事不醒了。这一觉似乎睡了很长时间，等他睁开眼睛的时候，他发现自己满脸都是绷带，但却并不躺在医院，而像是在一套别墅里。眼前都是他熟悉的面孔，母亲、凌叔叔、晓丹，他们无比专注地望着他，而且神情十分严肃。

整容之后，所有的证件使他变成另一个人。

这个世界是只认证件不认人的，姓名、性别、籍贯、出生地、出生年月、学历、职业、住处，总之你的一切都由你的证件来证实。正因为如此，有些看上去难度很高的事，其实处理起来非常简单，何况凌向权深谙此道。

他像蝙蝠一样，整天藏在昏暗的屋子里，"不许开灯！"他说。

"你的样子一点也不难看。"晓丹安慰他说。

"可我不喜欢，这就足够了。"

"我们也不想这样。"

"你们为什么要这样？！"他在黑暗中痛恨地说。

"你不知道发生了多大的事,很多人会死,也包括你。"

"即便是这样,为什么要亿亿陪死?!这对她不公平!"他的声音里夹杂着哭腔。

"不然谁会相信你死于车祸?!"

"我要去投案自首,我不能叫她一个人就这么不明不白地死去。"

"你现在就可以去,你自己不珍惜生命,谁也没办法。"凌晓丹神情淡定,似乎也并不想说服他。

就在他的内心备受煎熬的时刻,东窗事发了,他再也没有见到母亲和凌叔叔,在一段时间的沉寂之后,报纸上每天都在追踪报道这件事。

他们说得没错,这件事情实在是太大了,许多内幕让他触目惊心。

亲人之死,让他明白了一个极其简单的道理,这个世界上有许多事是他完全不可改变的。或许因为在这之前他要风得风,要雨得雨,所以忽略了再常识不过的问题。

以往无忧无虑的日子,不过是一个个的超级圈套,他为所欲为的结果是让母亲付出了生命的代价。

母亲和凌叔叔走的那天,他和晓丹两个人关在屋子里抱头痛哭。

他与母亲的关系一向不尽投合,甚至有些疏离,总觉得自己有足够的个人魅力在这个社会上立足,反躬自省，几乎所有的人都是冲着母亲去的，他们是因为她而围在他的身边。而母亲即便是有一万条错误，对他来说，却是没有瑕疵，倾注了百分之百的爱。时至今日，他才发现自己是多么地爱她，多么地不能接受失去她的现实，但是一切都晚了，他除了在饮泣中深自悔恨，还能怎么样呢?!

他的人生态度发生了莫大的改变，大悲哀带来大彻悟，不光是他的容颜，他的内心也换了一个人。

似乎一切尘埃落定，凌晓丹说，我们可以走了。

"我不想去加拿大。"他说。

"那你想去哪儿？"

"不知道。"

"人都是很普通的，就按普通人的活法活吧。"

"普通人怎么活？"

"有多远走多远，永远不去触及这块伤疤。"

"我不喜欢连根拔起的感觉，虽然我已经不是我了，但我还是想守着母亲，守着亿亿，守着父亲和来福，守着他们在我身边时给我的感觉。"

"都什么时候了，你还在讲感觉?！你知不知道什么叫危险？"

"我恰恰觉得我已经没有危险了。"

"可你同样没有工作，没有钱。"

"不见得会饿死吧。"

怎么吵都没有结果，最终他们还是分道扬镳了。

临行前的那个晚上，晓丹再一次拿出藏酒，并且做了一桌子菜。他们点上烛光，相对而饮，两个人都喝高了。晓丹说道："真正应了那句话，不是你的，你怎么做都得不到。"

卓童道："你也不想想，我们俩怎么可能过得好？"停了一会儿，他才接着说，"我将永远在她的注视下。"

"她如果知道自己几斤几两，一开始就不应该跟公子哥混。"

"你别再说了，是我害死了她。"

"她也太虚荣了。"

"我叫你别再说了。"

"她死了，你就把这种没有根基的爱升华了；可是她活着，现在也只会离你而去。"

"哗啦"一声巨响，卓童把整个餐桌掀翻了。

菜还没怎么吃，酒流了一地，随之酒香四起。晓丹站在一地的菜肴面前垂手而立，有许多时候，她不是没想过，从此跟着卓童浪迹天涯。父亲的死，让她觉得很多东西并不值得她特别看重，反而是亲情最难割舍，什么时候你看着亲人将去，却无能为力不能救他，你就会懂得所谓的富贵荣华并不足惜。可是，卓童说得没错，他们是过不好的，即便是粗茶淡饭，寂寞清贫的日子，莫亿亿也永远隔在他们中间，至今她也相信，卓童爱的程度十分有限，然而，负疚却可以是无限的。

第二天一早，卓童还没有醒，凌晓丹就悄然离开了，她在自己的房间留下了纸条,和她在加拿大的永久性地址。

长途汽车整整开了十二个小时,其间有人上车,有人下车,直到它停住、熄火。

"这是哪儿?"卓童问司机。

司机已经起身,一脸疲惫地摘掉污浊的手套,反问他道:"你要去哪儿?"

"中甸,香格里拉。"

"还早呢,这是大理,你还要接着坐车。"

又是整整一天,又是最后一个下车,一问,只是丽江的四方街。有一首歌叫《梦中的香格里拉》,他就是凭借着这首歌决定了人生的去向。但他现在也十分怀疑,真有香格里拉这个地方吗?怎么会像在天边一样遥远,还是她真的只在人们的梦境里?

四方街云集着全世界来的人,没有人注意他。

太奇妙了,这个边陲小镇,这块弹丸之地,就因为有纳西族,有走婚,有玉龙雪山,有泸沽湖,有图腾遗址,有东巴古乐,有弯弯曲曲的栈道,有年久失修的柴门,有比岁月更加沧桑的面庞,便暗合了人们对远古宁静的向往,纷纷来到这里,放下或者重拾梦想。

谁都知道丽江曾有过两次大的地震,但从飞机上拍下的图片看,有人却在废墟边上支起桌子打麻将,这里的人对待生死,对待快乐与苦难的界线模糊得让人诧异。或许,这便是一种吸引众生的心态。

卓童在拙朴的街道上走着,在数不清的小巷里穿行,这里的人似曾相识,又完全陌生。他感到很饿,便走进一家名叫露丝的酒吧里坐下,这大概是为了外国游客应运而生的,门口、玻璃窗上写满了英文,布置也是向西化竭力倾斜。房间不大,只有四五张桌子,但铺着格子桌布,也收拾得很干净,屋顶吊着汽灯,起到了营造氛围的作用。

放出来的音乐很糟,是一个女声在唱英文歌,听上去像一个烂女在沿街叫卖。

这可能是一家夫妻店,除了一个老人坐台收款之外,便是一对看上去还有些文化,也见过点世面的青年男女在忙来忙去。

卓童坐下来的时候,一个大个子老外正在用餐,他指着男店主刚刚端上来的放在他面前的一碟意大利通心粉,咕嘟咕嘟说了很多话,男店主会说简单的英文,但他们显然很难沟通。卓童只好出面帮助他们,他对男店主说:"他要的是一种意大利牛扒,如果他不愿意要这碟粉,我可以接受。"

店主当然很高兴,但同时他又有了进一步的要求:"你会做他说的那种牛扒吗?我的厨房里什么都有,要不你来试试,我实在不懂他说的是什么。"

好像他也不便推诿,只好硬着头皮来到厨房,他哪会做什么饭?只是依稀记得牛肉是要在调稀的面粉里裹一裹的,然后才在锅里煎烤,放盐和胡椒,外加四分之一的柠檬。他做得很糟,牛扒的外面已经微焦了,但里面还滴着血,但是老外说好,还对他伸出大拇指。满脸狐疑的店主终于笑逐颜开,拍拍他的肩膀,然后握着他的手说:"你好,你是我的朋友,任何时候都可以到这里来。"

吃完了通心粉,他喝了他们赠送给他的可口可乐,非常愉快地离开了露丝。

他在一家卖手工艺品的小店驻足,一个老人,好像很老了,却生着炉火,敲打尚未完成的银器,声音叮当叮当单调地响着。他好像来到了铁匠铺,而铁匠铺他却只是在影视作品里看过,所以他站在那里发呆。

老人突然说:"你别老看着,过来帮帮忙。"

他四下里望望。

老人有点烦了:"说你呢,你回来了?!"

他弄不清是怎么回事,是这里的人独有的交流方式?还是老人把他认成了别人?一切都不得而知,也不需要或者没可能搞清楚。那是他们的故事,自有他们去延续和完成,就像没有人想知道他的故事一样。

他很荣幸地坐到老人的对面去,你一下我一下地敲了起来。

从此,他留了下来,并且很快找到了家的感觉,仿佛不是他千万里的他乡寻访,倒是云游四方之后的归来。那种亲切感和归属感油然而生,香格里拉终于成为他的一个完美无缺的梦想,离它越近也就越不着急了。

每天晚上,他在东巴古乐馆里弹弦子,穿着他们的服装,戴着极其夸张的头饰,在橙黄到尽头的灯光下鼓乐齐鸣,那独特的音符和节奏里,始终蕴念着长风一般一声紧挨一声的呼唤,他在沉醉之中忘记了自己是从哪里来,将到哪里去。或许,他根本就是这古典音乐活化石中的一部分。

十二

七月的一天,彭树回到自己的家中,开窗通风,顺便交水电费。

他先是觉得房间被人清扫过了,唯一有可能做这件事的就是莫眉,但是莫眉并没有这边房子的钥匙。

这时,他看见了贴在冰箱门上的一张小小的纸条,淡黄色的纸片,一侧有不干胶,它在微风中抖动。纸条上没有称呼,也没有落款,只有三个字"你好吗"和一个电话号码。这令他大惊失色,他知道这是谁留下的!以往,他们彼此的留言采取的均是这种方式,他再熟悉不过了。

他全身的血液都凝固了,手脚冰凉。但他的第一个反应还是拿起电话,慌慌张张拨了三次才拨对那个号码。

一听到他的声音,他的热泪奔涌而下。这太让他不可思议了,他还活着,他顾不上问他这到底是怎么回事,只是一个劲地说:"你在哪里?你现在在哪里?!你赶紧回来,回家来!"

卓童说:"现在是白天,不方便。"他说了一间酒吧的名字。

彭树以最快的速度赶到那里。酒吧是地下室改造的,叫什么地狱吧,这让彭树的感觉很不舒服,他现在是越来越宿命了,意头不好的用语令他忌讳。地狱吧的墙上画满了牛鬼蛇神,白天也要点灯,不仅灯光黯淡,还结着人工蜘蛛网,大黑蜘蛛随时有可能落下来,掉到你的肩上或杯子里。

等待是极其漫长的,从坐下来的那一刻开始,彭树的眼睛一分钟也没有离开过酒吧的大门口。门口进进出出的全是帅哥辣妹,他们唯恐不特别、不另类,自然喜欢这种刻意与众不同的地方。卓童始终没有出现。

一个面孔似是而非的年轻人坐在了他的对面,心绪难平地望着他。他有一张深麦色的脸,长发在脑后梳成一把,身穿手织土布对襟盘扣的褂子,深蓝带青色的条纹,怎么看也是一个质朴的民族青年。

不知为什么,他打了个冷战,汗毛一根一根地竖了起来。

"你还好吗?爸爸。"

这称呼让他像拔葱一样站了起来!这是他的儿子吗?!乍一看完全是一个陌生的人,他只能从眼睛和声音里把他辨认出来。

卓童轻声地说:"爸爸,你先坐下,别人都在看着我们,我会告诉你发生了什么事。"

曾经发生的事并没有让彭树的心情恢复平静，反而令他毛骨悚然，整个事件里充满了血腥、残忍和冷酷。

他不能相信这一切是真的："如果是这样，我宁可接受你死去的消息。"

"可这一切不是我的错，我也不想这样！"

"你叫我怎么再去面对亿亿的母亲！"

"我知道你是不会接受这一切的，我犹豫了很长时间，可是我实在太想你了，在这个世界上，我已经没有任何亲人了。"

对于彭树来说，何尝不是这样。但眼前的结果他连自己都说服不了。

他是一个有是非准则的人，在这样的事情面前沉默，太难了。

他深叹了一口气说道："你不如走得远远的，永远也不要让我知道你还活着。"

卓童的眼圈红了："我也知道应该这样，但我做不到。"

彭树糊里糊涂，步履艰难地回到了他的住处。

拿出钥匙打开门之后，他大吃一惊，莫眉就坐在冰箱旁的椅子上看书，而那张黄色的纸片，仍然在冰箱的门上抖动。

"你怎么会在这里？"他的声音都发抖了。卓童说了，他去过爱心驿站，那么一切也就合理了，莫眉所有的举动都不是反常，她做得对，她在寻找卓童，也在重新确认女儿的死因。

"你看都几点了？天都黑了，你还没回来，我来找你，发现你连门都没锁，你干什么去了？这么大意。"

彭树支支吾吾的，而交电费的单子还在他的口袋里。

"我帮你浇了花，扫了扫地，简单打扫了一下卫生。我们关上窗户回家去吧。"说完，莫眉转身去了里屋关窗户。

彭树立刻把黄纸片揭了下来，握在手心里。

可是他始终无法相信，莫眉没有看到这张纸条。她的神情平静复平淡，没有一丝波澜，这就让他更吃不准她心里到底是怎么想的，她是不是在等着他先开口？还是要看他如何表演？她要认清他到底是一个什么人？

可是时间实在是太短了，他还没有想好怎么办。

他们一起回到了家中，途中坐公共汽车，谁也没说话。

那间天鹅栖息的小屋，失去了原来特有的，让他无比依恋的味道。莫眉的目光越是温和，便越是直刺他良心的利剑，他觉得再不把真相告诉她，他会发疯的。

熬到半夜，彭树觉得莫眉已经睡着了，他从床上悄悄地起身，去洗手间用冷水冲了冲头，心里说不出是什么滋味。忆忆的杀身之祸，儿子的失而复得，恨和爱交织在一起，是非良心和骨肉亲情打得难解难分，何况，他对莫眉的感情又是如此深厚，重要的不是他们有过浪漫，而是他们共同走过风雨，他何德何能？他碰上的那些事凭什么她要帮助他承担？她已经够苦的了，离开他选择平静的日子合情合理,她却毫无怨言地留在了他的身边,这是几世都难修到的缘分。可是,他怎么对她开口呢?他说什么呢?

他来到书桌前的椅子上,在黑暗中长久地坐着,好像黑夜能够给他一个满意的答案。

不知什么时候,身后的落地灯亮了,莫眉没有声音地走到他的面前。

"说吧,发生了什么事。"她说。

"莫眉,请你一定要冷静,听我把话说完。"

屋子里不免冷清了许多,一切布置都变得无精打采,她觉得自己心里空荡荡的。自从亿亿走了以后,她还从来没有一个人守在这间屋里,她害怕回忆,害怕孤单。

是的,彭树搬回了他自己的住所。

日子总还是要过下去的,莫眉来到阳台,收下了已经晾干的衣服。她在里屋的床上,一件一件地把衣服叠好,其中有一件是彭树的衬衣,半旧的棉质,摸在手中十分柔软,她把纽扣一粒一粒地扣上,叠的时候,眼泪掉了下来,像豆大的雨点,打在衣服上。

她何尝不知道他是将与她执手相握,互相搀扶着走过下半生的人?!

她是一个女人,有着女人具备的所有的弱点,是他让她变得完美、自然,心甘情愿地去过每一个朴素无华的日子。就像好女人会让你想去亲近她一样,好的男人也并不见得那么具体、周到，却能让女人安静下来，活得踏实。她需要的就是这个。

可是……

那天夜里，她知道了亿亿死的真相，她怎么可能冷静呢？！

她说："彭树，如果你还是个人，还有一点点良知，你现在就带着彭卓童去自首！现在就去！"

"莫眉，请你相信我的良知和我的理解力，但是，现在已经没有人能够证明这不是出于卓童的本意，他如果去自首，只有一个死。"

"那你想说什么？我们什么也不说，让这件事过去？！"

"我也失去了一个女儿，不管是什么原因，我能理解这种痛苦！如果卓童是一个十恶不赦的坏蛋，我会亲手杀了他，可是他也是无辜的！"

"无辜？！你怎么证明他是无辜的？！他如果是无辜的，两年前就应该去自首！"

"他犹豫、徘徊、良心备受煎熬，可他缺乏勇气。至少你应该相信他是爱亿亿的。"

"什么都别再说了，这件事一定要大白于天下，才能还给我女儿一个公道！"

"莫眉，我一直以为你会有这个胸怀，因为你曾是一个单身母亲。"

"不，我没有，正像你说过的，爱比天还大，但是比生命小。"

这样的争吵不计其数。

接下来是冷战,莫眉觉得一切都不对了,彭树也根本不可能再住下去。

那天,他提着简单的行李走到门口,最后一次回过头来,无奈并且无比哀伤地望着莫眉。然而那时的莫眉早已是铁石心肠,她看着他,心想,如果你想让我对你说什么,我也只会说,你并不值得我敬重。可是她到底什么也没说,他是在她冰冷的目光下离开的。

这一场离奇的人命官司最终被公开审理,人们对它的兴趣一点都不亚于当年东泽国际走私案。最后一次开庭,听众席上仍旧是人头攒动,不管陈述和辩解多么冗长、枯燥,也不管事件本身被一次又一次地重复已完全失去了新鲜和震撼性,人们都保持着极其少有的耐心,他们关心的是三个当事人的最后的命运。

生活永远比肥皂剧精彩。

莫眉与彭树分别坐在原告和被告席上,这是一场精神肉搏。相爱的人对簿公堂,无论如何不是一件至少可以故作轻松的事,他们都请了最好的律师为其辩解。就他们自身而言,已经在情感上苦苦挣扎之后形同陌路。

凌晓丹也专门为这件事从加拿大飞了回来,但她不能作为证人之一,因为如果她事先知道这件事,便是同谋,她唯一能做的是三缄其口。

法警再一次把彭卓童押解上来,旷日持久的等待使他显得有点不耐烦。的确,他改变了许多,但他性格中有一种固有的东西与生俱来,那就是他不堪忍受折磨,否则他完全可以被这个世界遗忘。然而他做不到,他的容貌,他的心灵无论怎么改变,他都无法忘记父亲和来福。与其忘记,不如死去。折磨和欲望是一样的,没有人能够抵御它的侵蚀力。

每一次见到他,彭树、莫眉和晓丹都是百感交集。

法庭最后认定:彭卓童的故意杀人罪成立,他被判处死刑。

法官的判决书还未念完,莫眉和彭树几乎在同一时间潸然泪下。彭树自然是因为失去了失而复得的儿子,而莫眉终于可以告慰女儿的在天之灵。

但是他们的目光不可避免地相遇了,两个人的战争结束之后,往日的恩情一幕一幕地在他们疲惫而憔悴的心头升起,但是他们深知已彼此失去。

爱还在,情已逝。

蔡琴的歌声由远至近地走过来,悄无声息地在他们头顶盘旋:

> 像一阵细雨洒落我心底,
> 那感觉如此神秘,
> 我不仅抬起头看着你,
> 而你并不露痕迹。
> 虽然不言不语,叫人难忘记,

>那是你的眼神，明亮又美丽，
>
>啊，有情天地，我满心欢喜。

这是真正的曲终人散。

故事本身永远是微不足道的，随着真相一点一点地显露，它便在最短的时间内从少女变成老妇，红颜褪尽，姿色和魅力荡然无存。

电视栏目《法网经纬》第一百八十三期，记录了这一场离奇官司的始末和每一个细节，最后几句次中音的男声旁白是这样说的："……道德沦丧、集体迷失的现状固然令我们茫然困惑；爱却分离的悲情故事也让我们唏嘘不已。然而，值得人们思考的更是另一些问题，为什么有时候罪恶的行为并不是来自罪恶的念头，反而是最为真挚的、动人的母爱，这不能不是今天人性至深至大的悲哀。"

法院宣判后的第二天，莫眉坐郊线车去了长生园，那里有亿亿的一个简朴的墓碑，她带去了一束沾满甘露的百合花，一个人在那里坐了很长时间。